SÉDUCTION MONTAGNARDE

ATTRACTION IMMÉDIATE, ROMANCE INTENSE

VESTA ROMERO

SÉDUCTION MONTAGNARDE

Droits d'auteur © 2024 par Vesta Romero

Tous droits réservés.

Aucune partie de ce livre ne peut être reproduite sous quelque forme que ce soit ou par des moyens électroniques ou mécaniques, y compris les systèmes de stockage et de récupération d'informations, sans l'autorisation écrite de l'auteur, sauf pour l'utilisation de courtes citations dans une critique de livre.

Copyright © 2024 by Vesta Romero

All rights reserved.

No part of this book may be reproduced in any form or by any electronic or mechanical means, including information storage and retrieval systems, without written permission from the author, except for the use of brief quotations in a book review.

https://vestaromero.com

CHAPITRE-1

Les pas d'Ethan Raker brisèrent le calme de la forêt tandis qu'il s'approchait de la cabane délabrée nichée au cœur de son étreinte ombragée.

De longues ombres s'étiraient sur le sentier, et l'odeur de pin était forte dans l'air.

S'arrêtant brièvement, il tourna lentement la tête, observant le spectacle qui s'offrait à lui. C'était le seul endroit où ses deux vies se croisaient, un havre de paix loin du chaos et des jugements du monde.

Il chercha la clé cachée sous la pierre descellée près de la porte, sentant le métal froid contre ses doigts.

D'un geste habile, il déverrouilla la porte, ce clic familier ne manquant jamais de détendre la tension nouée entre ses omoplates.

En entrant, il inspira profondément, l'odeur de renfermé et de bois de la cabane agissant comme un baume sur son âme fatiguée.

— Home sweet home, murmura-t-il dans l'espace, sa

voix basse et résonnante faisant un léger écho sur les murs en rondins.

Un sentiment de profonde solitude l'enveloppa lorsque la porte se referma derrière lui dans un bruit sourd. C'était une sensation qu'il désirait autant qu'il la détestait.

Il aimait la paix qui accompagnait l'isolement, mais cela lui rappelait à quel point il était vraiment seul dans son existence.

— Trop calme quand même, non ? dit Ethan à voix haute, comme il avait l'habitude de le faire, ses pas maintenant silencieux sur le plancher usé.

Ce dialogue était un mince réconfort, le distrayant du silence, comme l'émission de télé qu'il s'apprêtait à regarder.

— Il est temps de mettre un peu d'ambiance, décida-t-il, pinçant les lèvres en réfléchissant au programme de la soirée. Et peut-être, qui sait, une histoire plus excitante que la mienne.

Dans cette pause momentanée entre la vie qu'il menait et celle qu'il observait à travers les drames télévisés, il s'autorisa à être simplement un homme dans sa cabane, entouré par le calme de la nature. Pendant une seconde, rien d'autre n'avait d'importance.

Ses doigts s'affairèrent rapidement à déboucler les sangles en cuir de son sac de voyage usé, le faisant glisser de son épaule avec une aisance qui ne pouvait résulter que d'une répétition fréquente.

Il le laissa tomber au sol dans un bruit sourd étouffé. Son contenu, un mélange d'armes et d'objets essentiels, restait un secret à l'intérieur.

Sa veste, qui l'avait protégé du froid de la montagne, fut la suivante. Il l'ôta de ses larges épaules, révélant le moulant de sa chemise qui épousait sa silhouette musclée.

Le tissu s'étirait sur ses biceps tandis qu'il accrochait la veste à un crochet solitaire près de la porte.

— Le feu maintenant. Toujours le feu, marmonna-t-il, ces mots servant plus à se réconforter en entendant sa propre voix qu'à se rappeler quoi que ce soit.

Traversant l'espace compact de la cabane, chaque pas délibéré, Ethan s'approcha du petit coin cuisine.

Ses mains, calleuses et sûres, rassemblèrent le petit bois avec une efficacité rodée, disposant les bûches dans le ventre du poêle comme un artiste préparant sa palette.

— Allez, encouragea-t-il, en craquant une allumette et regardant la flamme prendre, dévorant le bois sec.

En quelques instants, le feu prit vie, la lumière vacillante dansant sur son visage, projetant des ombres qui jouaient avec les contours de sa mâchoire mal rasée.

Il observa les flammes grandir, une chaleur se répandant dans la pièce, allant au-delà du simple physique.

C'était une chaleur qui ressemblait à un compagnon dans cet espace autrement vide.

— C'est mieux, reconnut-il, l'ombre d'un sourire effleurant ses lèvres tandis qu'il se reculait, les bras croisés, admirant la façon dont la lueur dorée baignait les murs bruts de réconfort.

Pendant un instant, la lumière orangée adoucit la dureté de son regard, la remplaçant par quelque chose qui ressemblait presque à de l'espoir, un contraste saisissant avec l'homme qui côtoyait l'ombre de la mort.

— Ce serait bien d'avoir quelqu'un avec qui partager

ça, dit-il aux flammes, imaginant une silhouette assise en face de lui, son rire se mêlant au crépitement du feu, ses courbes féminines dessinées par les flammes.

— Quelqu'un qui ne sait pas ce que ces mains ont fait.

Mais cette pensée s'évanouit aussi vite qu'elle était apparue, étouffée par la réalité de qui il était, une figure solitaire liée à une vie qui laissait peu de place à la chaleur d'un autre.

Instincts de tueur, corps de tueur, looks de tueur. Tueur.

C'était lui en résumé, pensa Ethan avec une clarté détachée. Il avait toujours été conscient de son apparence.

Grand, large d'épaules, un corps sculpté par des années d'entraînement éprouvant et de survie.

Ses yeux sombres et mélancoliques semblaient transpercer les gens, un regard qui mettait la plupart mal à l'aise.

La confiance émanait de lui sans effort, mais ce n'était pas le charme qui attirait les autres. C'était une confiance froide, inaccessible, le genre qui maintenait les gens à distance.

Sa mâchoire ciselée, ses pommettes saillantes et l'ombre d'une barbe de trois jours perpétuelle attiraient l'attention, mais c'était le vide derrière ses yeux qui le définissait.

Un tueur de sang-froid, dépourvu d'émotion, détaché de tout sauf du travail.

Il avait appris il y a longtemps que les sentiments n'avaient pas leur place dans son monde. **Tueur.** C'est tout ce qu'il avait jamais été. Sa vie d'avant n'importait plus.

— On dirait que ce sera juste toi et moi ce soir, dit à

nouveau Ethan, s'adressant au feu comme s'il s'agissait d'un vieil ami.

Alors que l'air se remplissait du son du bois qui craquait, il embrassa le réconfort et la simplicité de créer de la chaleur, une évasion réconfortante d'un monde froid et impitoyable.

Sa dernière mission avait été désordonnée, mais pas parce qu'il avait échoué. Il avait fait exactement ce pour quoi il avait été payé. Un tir, une élimination propre. L'homme qu'il avait été engagé pour éliminer était tombé exactement comme prévu.

Tout le reste, cependant, s'était rapidement dénoué. Des témoins inattendus étaient tombés sur la scène, et le chaos avait éclaté.

Il n'avait pas tiré sur qui que ce soit d'autre, mais les dommages collatéraux étaient inévitables, et le chaos qui avait suivi donnait l'impression que la mission avait échappé à tout contrôle.

Il pouvait encore entendre les cris, sentir la panique dans l'air alors que tout autour de lui s'effondrait. Il avait une forte aversion pour ce genre de missions désordonnées.

Lorsqu'il quitta les lieux, cette sensation, celle qui rampait sous sa peau, celle qui chuchotait de trop près, s'était déjà installée.

Il avait eu besoin de s'échapper, de s'éloigner de ce désordre, et le chalet dans les montagnes l'appelait comme un refuge.

Là-bas, entouré de rien d'autre que d'arbres imposants et de la morsure vive et pure de l'air montagnard, le bruit du monde s'estompait en quelque chose de gérable.

Le silence était réconfortant, pesant sur lui comme une couverture sans poids.

Dernièrement cependant, en contemplant l'étendue infinie de la nature sauvage, il sentait quelque chose d'inhabituel le ronger. Le désir de compagnie, une présence à ses côtés.

Cela le perturbait, le poussait à se demander si la solitude qu'il avait toujours recherchée lui suffisait encore. Pour l'instant, le chalet lui offrait l'évasion dont il avait besoin, même s'il ne parvenait pas tout à fait à noyer l'agitation grandissante en lui.

Était-il en pleine crise de la quarantaine à 36 ans ?

Ses doigts effleurèrent les boîtes métalliques alignées comme des soldats dans le garde-manger faiblement éclairé. Il en choisit une étiquetée « Chowder de poulet en morceaux » et en souleva le couvercle avec un pop et un sifflement satisfaisants.

La soupe se déversa dans la petite casserole qui l'attendait sur la cuisinière, et il alluma le brûleur d'un mouvement du poignet bien rodé.

Tandis que le contenu chauffait, libérant des arômes savoureux qui se répandaient dans le chalet, il s'appuya contre le comptoir, laissant le parfum l'envelopper.

— Rien ne vaut les classiques, murmura-t-il, en remuant la soupe distraitement, ses pensées dérivant momentanément vers une vie moins compliquée, moins dangereuse, peut-être une vie où rentrer chez soi signifiait plus que simplement parler au feu.

Il chassa cette rêverie alors que les premières bulles de la soupe brisaient la surface. Il était temps pour son rituel du soir, l'un des rares conforts qu'il s'autorisait dans cette existence solitaire.

Ethan traversa le plancher de bois jusqu'au salon, où un vieux téléviseur trônait sur un meuble rustique.

La télécommande était froide et inutilisée dans sa main, et il la pointa vers la télé, appuyant sur le bouton d'allumage. Une explosion de sons emplit l'espace lorsque l'écran prit vie.

Il changea rapidement de chaîne jusqu'à trouver une émission qu'il reconnaissait, pleine d'intrigues dramatiques et d'émotions exagérées.

— Ah, te voilà, dit Ethan, avec une pointe d'amusement dans la voix, comme s'il saluait un autre compagnon dans son exil volontaire.

Il regarda les personnages s'empêtrer dans des toiles d'amour, de trahison et de secrets, leurs vies étant un livre ouvert comparées à sa propre existence jalousement gardée.

— Vous ne tiendriez pas une journée dans mon monde, ricana-t-il aux visages passionnés à l'écran, réfléchissant à la façon dont leur chagrin feint contrastait avec les vraies douleurs dont il avait été témoin.

Pourtant, aussi absurde que tout cela puisse paraître, ces schémas prévisibles de désir et de tromperie exerçaient un étrange attrait, offrant un aperçu d'une vie où le danger était scénarisé et où personne ne mourait vraiment.

— Qui a besoin de la réalité quand on a ça ? lança Ethan à la pièce vide, un sourire ironique jouant au coin de ses lèvres. Tandis qu'il regardait le feuilleton dramatique, la casserole de soupe frémissante lui rappelait que sa réalité était loin d'être normale.

Qui a besoin de la réalité ? Toi, puisque tu continues à parler tout seul.

Il s'installa sur le canapé usé, ses creux familiers épousant son corps comme un vieil ami. Il se pencha en arrière, ses muscles se décontractant alors qu'il s'immergeait dans le monde vivant du feuilleton. À l'écran, une dispute enflammée éclatait entre deux amants, leurs mots acérés et imprudents de désir.

— Bien sûr que tu dirais ça, cracha l'héroïne, ses yeux brillant de défi. Tu crois que l'amour n'est qu'un jeu ?

— N'est-ce pas le cas ? rétorqua l'homme, s'approchant, sa voix un murmure rauque qui caressait sa fureur. Un jeu que nous avons tous les deux trop peur de perdre.

Un demi-sourire se forma sur ses lèvres tandis qu'il regardait son plaisir coupable, sentant son pouls se synchroniser avec les battements de cœur mélodramatiques de l'émission. Les émotions excessives des personnages se déversaient dans son chalet, remplissant les espaces silencieux de leur passion tumultueuse.

L'espace d'un instant, l'intensité à l'écran reflétait l'adrénaline qui coulait dans ses veines lors d'une mission. Dans le domaine de la fiction, les enjeux étaient aussi fragiles que les murs en carton-pâte du décor.

— Cède-y, exhorta l'amant, sa main traçant la courbe de sa mâchoire, nous pourrions brûler, mais oh, avec quelle intensité.

Ne serait-ce pas quelque chose ? songea Ethan en silence, échangeant temporairement le froid de l'isolement contre la chaleur d'une étreinte imaginée.

Le chant des sirènes du feuilleton, fait de liaisons secrètes et de confrontations passionnées, l'entraînait, lui permettant de s'éloigner de la réalité de son existence, une réalité où les étreintes pouvaient être mortelles et où chaque mot devait être pesé trois fois avant d'être prononcé.

Il se pencha en avant, les coudes sur les genoux, ses yeux sombres rivés sur l'écran alors que la scène atteignait son paroxysme. Un baiser volé, une promesse murmurée, puis l'inévitable cliffhanger, laissant les désirs enchevêtrés et non résolus.

Sa poitrine se souleva et s'abaissa dans un soupir, les échos du drame flottant dans l'air, en contraste frappant avec le silence qui reprenait possession de son sanctuaire.

— Bien essayé, chuchota Ethan à la télévision maintenant muette, reconnaissant la magie temporaire avant de la laisser s'échapper. Mais ma réalité a toujours été un numéro en solo.

Puis il se mit au travail.

CHAPITRE-2

*S*carlett respirait par à-coups, son souffle embuant l'air frais de la nuit tandis qu'elle sprintait à travers les ruelles étroites de la ville.

Le bruit sourd de ses bottes sur les pavés humides formait un rythme staccato qui se mêlait aux battements frénétiques de son cœur.

Elle n'osait pas regarder en arrière, mais la tentation était trop forte ; elle jeta un coup d'œil par-dessus son épaule, ses yeux verts écarquillés de terreur.

— Continue à bouger, ne t'arrête pas, murmurait-elle pour elle-même, sa voix à peine audible au-dessus de la cacophonie de ses propres peurs.

Gravée de façon indélébile dans son esprit, l'image de son patron, autrefois posé et imperturbable, gisait maintenant sans vie sur son bureau en acajou.

Cette vision l'avait laissée complètement sans voix. Ses narines étaient emplies de l'odeur persistante de fer et de poudre à canon, comme un parfum malveillant.

— Mon Dieu, s'étrangla Scarlett, la scène se rejouant

sans relâche. Ses yeux, autrefois vifs et rusés, fixaient maintenant le plafond, vides.

Le sang, d'un rouge vif et choquant, avait peint les murs en un arc de violence, des éclaboussures s'étendant comme des doigts désespérés.

Il n'y avait eu ni derniers mots, ni signes de lutte, juste la brutale ponctuation d'une vie violemment interrompue.

Son patron, l'homme qui lui souriait au-dessus d'un café, qui discutait des affaires avec une ferveur égale à la sienne, gisait là, tordu et brisé.

Une plaie béante à la place de son cœur murmurait des secrets de trahison et de corruption, un côté obscur que Scarlett n'avait jamais eu l'intention d'entrevoir.

— Pourquoi ? haleta-t-elle entre deux respirations, la question lui brûlant la gorge. Le visage du tueur gravé dans son esprit, une terreur qui la pourchassait maintenant à travers le cœur labyrinthique de la ville.

— Je ne peux pas réfléchir. Je ne peux pas... m'arrêter, se dit-elle, forçant ses jambes à la porter plus vite, son corps voluptueux repoussant les limites de l'épuisement.

La ville se transformait en lignes floues d'obscurité et de lumière tandis que Scarlett courait, chaque grincement et murmure amplifié en une menace par ses sens en alerte.

Elle pouvait presque sentir le spectre du meurtrier de son patron la surplomber. Un assassin tissé de danger et d'ombres, un rappel brutal que sa vie ne tenait qu'à un fil.

— En sécurité, haleta-t-elle, le mot devenant un talisman contre le chaos. Il faut que je trouve un endroit sûr.

Ses vêtements pratiques collaient à sa peau moite de

sueur, le tissu la frottant alors qu'elle virait au coin d'une rue.

L'air froid de la nuit mordait sa chair exposée, mais c'était le frisson de la peur qui s'infiltrait véritablement dans ses os. Elle ne s'était pas engagée pour ça. Pas pour le sang, pas pour la mort.

Elle était assistante juridique, pas un pion dans un jeu malsain de meurtre et de pouvoir.

— Presque arrivée, où que ce soit, souffla-t-elle, sentant le léger poids de son médaillon contre sa poitrine, un bijou d'une vie qui semblait à des années-lumière.

Ses cheveux roux fouettaient son visage comme une auréole de feu, un phare dans l'obscurité tandis qu'elle continuait d'avancer, poussée par le besoin primaire de survivre.

— Survivre d'abord, chuchota-t-elle, la promesse qu'elle se faisait à elle-même aussi féroce que les battements de son cœur. On verra le reste après.

Et avec ce vœu silencieux alimentant sa fuite, Scarlett disparut dans la nuit, laissant derrière elle l'horreur de la scène du meurtre, mais pas le souvenir.

Celui-ci était gravé dans son âme même, un sombre présage des dangers encore à venir.

Sa respiration se faisait par à-coups alors qu'elle se glissait dans l'ombre d'une ruelle, pressant son dos contre le mur de briques froides. La ville était un labyrinthe, mais elle n'était plus en sécurité pour elle.

Ses doigts se refermèrent sur le médaillon à son cou, son poids familier l'ancrant un instant dans la réalité.

Une fois que Scarlett eut commencé à courir, l'idée de rentrer chez elle pour faire ses bagages lui traversa l'esprit pendant une fraction de seconde, mais le risque était trop élevé.

Elle ne savait pas si le tueur l'avait vue ou s'il allait la poursuivre.

Son cœur battait la chamade tandis qu'elle pesait sa décision, l'écho du coup de feu encore frais à ses oreilles. Pas le temps, conclut-elle.

Le tueur pouvait être juste derrière elle, et son appartement serait le premier endroit où il chercherait.

Elle n'était même pas allée jusqu'à sa voiture, jugeant que c'était trop évident. Au lieu de cela, elle s'était faufilée dans les ruelles et les petites rues de la ville, son instinct lui dictant de disparaître, de se fondre dans les ombres.

Chaque ombre qu'elle croisait lui semblait être une menace potentielle, chaque personne un tueur potentiel.

— Réfléchis, Scarlett, réfléchis, se réprimanda-t-elle, son esprit en ébullition. Elle n'avait jamais rien fait de criminel de sa vie, mais l'instinct de survie avait pris le dessus.

Ses yeux fouillaient les alentours, cherchant une issue, et c'est alors qu'elle la vit. Une voiture avec le moteur en marche, son conducteur nulle part en vue.

Elle fit une prière silencieuse, puis sans hésitation, elle se glissa à l'intérieur, l'adrénaline l'aveuglant à la peur de ce qu'elle était en train de faire.

Ses mains aux ongles rouges manucurés agrippèrent fermement le volant, les jointures blanchies. *Les montagnes !* L'isolement signifiait la sécurité.

Il n'y aurait pas de lampadaires, pas de caméras, pas de témoins, juste la nature sauvage.

L'idée était comme une bouée de sauvetage. *Bouge vite,*

se murmura-t-elle à elle-même en manœuvrant la voiture volée hors de la ville, son cœur battant plus fort que jamais.

Elle prit soin de rester dans les limites de vitesse autorisées. Elle avait déjà assez de problèmes comme ça, et la dernière chose dont elle avait besoin était de se faire arrêter pour vol de voiture.

Plus elle conduisait, plus le terrain devenait accidenté, et elle abandonna bientôt la voiture pour continuer à pied.

Je ne peux faire confiance à personne, marmonna-t-elle en s'enfonçant plus profondément dans la nature sauvage.

Chaque pas l'éloignait davantage de la vie qu'elle avait connue, mais la rapprochait de la sécurité.

Les arbres devenaient plus denses, le chemin plus difficile, mais elle persévérait, ses jambes brûlant à chaque pas.

Ses cheveux roux, emmêlés et humides de sueur, collaient à son visage tandis qu'elle trébuchait sur une racine, se rattrapant contre un tronc d'arbre.

Elle s'arrêta, la poitrine haletante, s'autorisant juste un instant de vulnérabilité.

Reprends-toi, siffla-t-elle dans l'obscurité, chassant ce moment de faiblesse. Ses yeux verts, habituellement pleins de détermination, étaient maintenant allumés par la fatigue, mais une étincelle de défi y demeurait.

Survivre ne suffit pas ; je dois vivre ; murmura-t-elle à la nature silencieuse. Les mots, prononcés à haute voix, la rendirent un peu plus courageuse.

Prenant une profonde inspiration, elle continua

d'avancer, dans un acte de rébellion mineure contre les forces qui cherchaient à l'emprisonner dans la peur.

Les montagnes se dressaient devant elle, sauvages et indomptées, tout comme sa volonté de survivre.

Enfin, elle atteignit la dernière crête, le souffle haletant mais triomphant. Devant elle s'étendait la majesté sauvage des montagnes, à l'opposé du labyrinthe de béton qu'elle avait fui.

Les pics imposants perçaient les cieux, leurs pentes armurées de conifères qui chuchotaient des secrets dans le vent.

Elle s'arrêta, l'émerveillement éclipsant momentanément sa peur, absorbant la splendeur brute de son refuge.

— Magnifique, exhala-t-elle, le mot flottant comme une plume dans l'air vif de la montagne.

En contrebas, un ruisseau joueur riait sur les pierres, le son apaisant ses nerfs à vif. Il l'attirait en avant, promettant la vie au milieu de la désolation.

Ses bottes crissaient sur le sol gelé tandis qu'elle descendait la pente, à l'affût du moindre signe de présence humaine.

— L'eau signifie des gens, murmura-t-elle, la leçon d'une vieille émission de survie refaisant surface dans sa mémoire. Ses yeux, aussi perçants que ceux d'un faucon, scrutaient le paysage. Et puis elle le vit.

Un filet de fumée, si ténu qu'il aurait pu être le fruit de son imagination désespérée.

— S'il vous plaît, faites que ce soit ça, pria-t-elle tout bas, hâtant le pas vers ce signe d'espoir.

Le terrain s'aplanit, et nichée parmi les pins se dressait une cabane solitaire, robuste et modeste. Le cœur de

Scarlett vacilla sous l'effet d'un mélange grisant de soulagement et d'appréhension.

Ici, le salut était aussi probable que le danger. Elle s'approcha, tous ses sens en alerte, lisant le silence comme on déchiffrerait un message codé.

— Il y a quelqu'un ? Son appel était hésitant, englouti par l'immensité de la forêt. Aucune réponse ne vint. La cabane se dressait, silencieuse, ses fenêtres sombres, la porte fermée, gardienne de secrets.

— Il y a quelqu'un ? tenta à nouveau Scarlett, plus fort cette fois, sa voix se brisant. Encore une fois, le silence fut sa seule réponse.

Elle fit le tour de la structure, cherchant des signes de vie, sa silhouette voluptueuse se déplaçant avec une grâce née de la nécessité.

Ses doigts effleurèrent le bois rugueux, cherchant du réconfort dans sa solidité.

— D'accord, Scarlett, réfléchis. Ses mots n'étaient qu'un murmure, un mantra pour calmer ses pensées tourbillonnantes. Tu as besoin d'un abri. Tu ne peux pas fuir éternellement.

Elle redressa les épaules, se préparant à ce qui devait être fait. Il n'y avait plus de retour en arrière possible maintenant.

Cette cabane isolée, cachée au milieu de la grandeur de la nature, était son dernier espoir, une chance d'échapper au cauchemar qui la talonnait.

— Espérons que tu es un ami, dit-elle, ses yeux verts reflétant à la fois le feu de la détermination et la glace de la peur alors qu'elle se préparait à affronter l'inconnu dans ce monde étranger qui s'ouvrait devant elle.

Le souffle de Scarlett se condensait dans l'air froid de la montagne tandis qu'elle s'accroupissait à côté de la remise, une petite dépendance à un jet de pierre de la cabane.

Ses doigts, engourdis par le froid et moites de panique, tâtonnaient contre le cadenas métallique.

Elle jeta un coup d'œil par-dessus son épaule dans l'obscurité, s'attendant à moitié à voir les ombres s'animer de ses poursuivants.

— Allez, siffla-t-elle entre ses dents, sa voix s'élevant à peine au-dessus du bruissement des pins. Le cadenas résistait à ses tentatives maladroites de le crocheter avec une épingle à cheveux, comme elle l'avait vu à la télévision où cela semblait si facile, mais ses compétences de juriste ne l'avaient pas préparée à ce genre de travail de terrain.

— Concentre-toi, Scarlett, focus, murmura-t-elle, forçant ses mains tremblantes à se stabiliser. La nuit semblait se resserrer autour d'elle, et chaque brindille qui craquait résonnait comme un glas. Elle sentit enfin le cadenas céder, un petit clic qui fut une musique à ses oreilles.

— Douce victoire... commença-t-elle, mais elle s'interrompit brusquement lorsque le bruit de pas s'approcha, lourds et délibérés, écrasant les aiguilles de pin sous leur poids.

CHAPITRE-3

Alors qu'Ethan se dirigeait vers sa cabane isolée dans la montagne, le bruit de ses bottes crissant sur la terre gelée résonnait dans l'environnement serein. Ses épaules, tendues par les exigences de sa récente mission, aspiraient au soulagement.

Il expira lentement, laissant l'air vif purifier les vestiges de violence qui s'accrochaient à lui comme une ombre indésirable. Ici, entouré de pins imposants et du doux murmure de la nature, il cherchait refuge loin du chaos du monde et de son propre tourment intérieur.

— La nature ne te juge pas, murmura-t-il pour lui-même, sa voix s'élevant à peine au-dessus du bruissement des feuilles.

La simplicité de la montagne, avec sa beauté sauvage et ses dures réalités, lui apportait toujours un sentiment de paix. C'était en effet un contraste saisissant avec la complexité de sa double vie.

Il se déplaça comme une ombre à travers la clairière éclairée par la lune vers la silhouette qui tâtonnait le cadenas de sa remise. Avec une précision silencieuse, il réduisit la distance entre eux.

Scarlett sentit quelqu'un derrière elle et se figea. Avant qu'elle ne puisse réagir, elle se retrouva habilement plaquée contre le mur en bois, ses outils improvisés tombant au sol dans un cliquetis.

La silhouette d'Ethan, imposante mais étrangement adaptée, tranchait à travers la brume vaporeuse qui s'accrochait à l'air de la montagne, se fondant parfaitement dans le paysage accidenté. Ses yeux, plissés en fentes, suivaient chaque mouvement de Scarlett comme un faucon surveillant sa proie.

— Qui es-tu ? demanda-t-il, sa voix un grondement bas qui faisait écho au tonnerre lointain. Il s'approcha, la lueur de la lune se reflétant dans ses yeux sombres, révélant des éclats d'incertitude parmi sa suspicion.

Le pouls de Scarlett s'accéléra, sa respiration devenant superficielle et irrégulière. — Je m'appelle..., bégaya-t-elle, s'arrêtant rapidement avant d'en révéler trop, ses doigts encore suspendus en l'air là où se trouvait le cadenas. Je ne voulais pas faire de mal. J'avais juste besoin...

— Besoin ? l'interrompit Ethan, réduisant la distance entre eux jusqu'à la dominer de toute sa hauteur, sa présence écrasante. De quoi pourrais-tu avoir si désespérément besoin pour venir cambrioler ma propriété en pleine nuit ?

— D'un abri, lâcha-t-elle, son regard croisant le sien furtivement avant de s'enfuir. On me poursuit et je n'ai nulle part où aller.

— Donc, tu es une voleuse, alors ? Son ton était légèrement amusé.

— Ce n'était pas comme ça, protesta-t-elle, sa voix tremblante, mais pas de froid. La proximité de cet homme montagne envoyait un frisson inattendu le long de sa colonne vertébrale qui n'avait rien à voir avec la peur.

— Explique-toi, et tout de suite. Son emprise sur elle se relâcha imperceptiblement, bien qu'il restât vigilant. Tous ses instincts lui disaient qu'elle n'était pas une criminelle ordinaire. La courbe de sa joue, rougie par l'air nocturne ou peut-être par leur proximité, recelait des secrets qu'il voulait découvrir.

— Je ne peux pas... c'est compliqué. Scarlett se mordit la lèvre, consciente de sa force qui l'enveloppait, de l'odeur de pin et de quelque chose de plus sombre, plus dangereux, émanant de lui.

C'était désarmant, et pendant un bref instant, elle se demanda ce que cela ferait de s'abandonner à ce danger plutôt que de le fuir.

— Compliqué ? C'est justement ma spécialité, dit Ethan, un demi-sourire jouant sur ses lèvres malgré la gravité de la situation. La douceur de ses traits, vulnérable mais pourtant rebelle, éveilla en lui quelque chose qu'il avait depuis longtemps enfoui sous des couches de discipline et de détachement.

— La confiance n'est pas vraiment mon fort en ce moment, admit-elle lentement, ses mots empreints d'une honnêteté qui le prit au dépourvu.

— Ni le mien, mais nous voilà. Ethan recula, lui offrant de l'espace tout en bloquant toujours son chemin vers une éventuelle fuite. Si tu es en difficulté, je pourrais être disposé à t'aider, mais j'ai besoin de la vérité, Scarlett.

— Comment connais-tu mon nom ? La question sortit

plus sèchement qu'elle ne l'avait voulu, sa surprise et sa peur se reflétant sur son visage.

— Ton sac, dit-il en hochant la tête vers la sacoche au sol près de la remise, où le contenu s'était répandu pendant leur bagarre, y compris son identité. Alors, Scarlett Kenner, commence par le début.

— D'accord, souffla-t-elle, sa détermination se raffermissant tandis qu'elle redressait sa veste, essayant d'ignorer comment son regard semblait s'attarder sur ses courbes. Mais si tu vas m'aider, nous allons devoir établir quelques règles de base.

— Des règles ? Ethan rit, un son profond qui résonna dans la nuit calme. Tu n'es pas en position de négocier.

— Peut-être pas, concéda Scarlett, se redressant de toute sa hauteur, ce qui, même dans ses bottes usées, l'amenait à peine à son épaule. Mais aux grands maux les grands remèdes.

— Aux grands maux, en effet, médita-t-il, ses yeux ne quittant jamais les siens.

Il y avait une étincelle là, un défi qui parlait de feux indomptés et de tempêtes imprudentes. Ethan n'était étranger ni à l'un ni à l'autre, et il réalisa que Scarlett Kenner pourrait être le genre de danger dont il ne pourrait pas s'éloigner.

— Vraiment ? Sa voix s'adoucit légèrement, bien que le tranchant du scepticisme restât aiguisé comme une lame. Et pourquoi devrais-je croire cette histoire ?

— Parce que c'est la vérité ! L'urgence dans sa voix était authentique, ses yeux verts brillant d'un mélange de peur et de défi. J'ai vu quelque chose... de terrible. Et maintenant ils sont après moi.

— Qui ça, « ils » ? demanda Ethan, croisant les bras, ses muscles tendus sous le tissu de sa chemise.

— Un homme, je pense, ou des hommes de la ville, répondit Scarlett en s'enveloppant de ses bras comme si le froid était soudainement devenu trop dur à supporter. Des hommes qui n'hésiteraient pas à me tuer s'ils me trouvaient.

— Les hommes de la ville s'aventurent rarement dans ces montagnes, observa-t-il, son regard scrutateur ne faiblissant pas. Qu'est-ce qui te fait croire que tu les as semés ?

— Parce que je serais morte maintenant, non ? insista-t-elle, sa poitrine se soulevant et s'abaissant rapidement. Je pense que j'ai bien réussi.

— On dirait que tu es pleine de surprises, médita Ethan, son regard s'adoucissant très légèrement. L'ombre d'un sourire joua sur ses lèvres, mais disparut aussi vite qu'il était apparu. Tu comprends que ça ne m'en dit pas beaucoup sur toi, n'est-ce pas ? Pour ce que j'en sais, tu pourrais être aussi dangereuse que ceux qui te pourchassent.

— Regarde-moi, implora-t-elle, le désespoir s'infiltrant dans sa voix. Est-ce que j'ai l'air dangereuse pour toi ?

Il fit un pas en arrière, l'évaluant d'un œil critique. Scarlett se sentit exposée sous son regard, sa silhouette voluptueuse et ses cheveux flamboyants contrastant vivement avec les couleurs ternes de la forêt. Elle était une anomalie ici, une flamme au milieu des ombres, et elle le savait.

— Les apparences peuvent être trompeuses, concéda Ethan, son ton empreint d'un savoir qui fit frissonner

Scarlett. Mais pour ce soir, tu resteras dans la cabane. On éclaircira ton histoire demain matin.

— Merci, murmura-t-elle, la brûlure des larmes retenues se mêlant au soulagement et à la charge électrique qui jaillissait chaque fois que leurs regards se croisaient.

Il y avait du danger ici, certes, mais il y avait aussi quelque chose qui faisait battre son cœur, non pas de peur, mais d'une attirance aussi énigmatique que l'homme devant elle. Son visage était empourpré, et elle sentit ses tétons se durcir en frôlant son chemisier.

— Viens, dit-il en se tournant vers la cabane. Rentrons avant que l'orage n'éclate.

En le suivant, Scarlett sentit que malgré la promesse d'un abri, l'orage en elle ne faisait que commencer.

Ethan conduisit Scarlett dans la cabane, la porte grinçant sur ses gonds tandis qu'il la faisait entrer. La chaleur à l'intérieur contrastait fortement avec le froid de l'air montagnard. Il jeta un coup d'œil à ses vêtements trempés et à la façon dont elle frissonnait malgré la chaleur de la cheminée.

— Entre, ordonna-t-il, sa voix basse mais pas dure. Tu es en sécurité ici.

Les yeux de Scarlett parcoururent l'intérieur modeste, ses lèvres s'entrouvrant légèrement. — C'est ici que tu vis ?

— C'est ici que j'existe, corrigea Ethan avec une pointe d'humour sec, s'autorisant un rare moment de vulnérabilité. Leurs yeux se rencontrèrent, et pendant un bref instant, il y eut un échange silencieux qui allait au-delà des mots.

— Tiens, dit-il en se dirigeant vers un coffre en bois

près du mur. Il en sortit une chemise épaisse en flanelle et un jean. Sèche-toi et change-toi avec ça. Ce sera trop grand, mais c'est mieux que d'attraper la mort dans ces vêtements.

Scarlett serra les vêtements contre sa poitrine, ses doigts effleurant momentanément ceux d'Ethan. Elle ressentit un choc, comme une étincelle d'électricité, et leva les yeux vers ceux d'Ethan. Il y avait là une douceur qui n'était pas présente auparavant, une tendresse gardée qui lui coupa le souffle.

— Merci, murmura-t-elle, sentant le poids de son regard comme s'il s'agissait d'un contact physique. Je ne sais pas comment...

— Arrête, l'interrompit-il doucement. Tu n'as pas besoin de me remercier. Juste... utilise la salle de bain là-bas pour te changer. Je vais trouver des couvertures pour le canapé.

Il se détourna, lui donnant de l'intimité, mais pas avant qu'elle n'ait aperçu la plus infime courbe de ses lèvres, un petit sourire rassurant qui semblait reconnaître le fil de tension entre eux.

Tandis que Scarlett disparaissait, Ethan s'affaira à construire un feu, empilant méthodiquement les bûches et le petit bois.

Le crépitement des flammes remplit bientôt la cabane. Il se surprit à jeter des coups d'œil furtifs vers la salle de bain, chaque mouvement subtil de l'ombre jouant sur ses sens.

Pendant que Scarlett se changeait dans les vêtements trop grands, le tissu flottant autour de sa silhouette voluptueuse, elle respira l'odeur de pin et quelque chose de distinctement masculin qui s'accrochait à la chemise d'Ethan.

Cela l'enveloppait comme une étreinte réconfortante, et elle se sentit attirée par l'idée de l'homme qui vivait parmi ces montagnes.

En sortant de la salle de bain, elle le trouva debout près de la cheminée, attisant les flammes.

Ses mouvements étaient précis et exercés, chaque muscle se contractant et se relâchant avec la grâce d'un assassin. Scarlett déglutit difficilement, la chaleur dans la pièce lui semblant soudain plus intense qu'il y a quelques instants.

— Ça va mieux ? demanda-t-il sans se retourner.

— Beaucoup, répondit-elle, sa voix portant un léger tremblement. Bien que j'aie l'impression de nager dans tes vêtements. Elle tenta un rire qui n'atteignit pas tout à fait ses yeux, ces orbes d'un vert vif qui semblaient voir à travers lui.

— Mieux vaut trop grand que trop petit, plaisanta Ethan, le coin de sa bouche se relevant en un semblant de sourire. Cela faisait longtemps qu'il ne s'était pas engagé dans quoi que ce soit ressemblant à du flirt, et cela le troublait de voir à quel point cela lui revenait facilement en sa présence.

— Je prends le canapé alors ?

— En fait, dit Ethan en lui faisant finalement face, tu peux prendre le lit. Je resterai ici. La chemise en flanelle ne cachait pas grand-chose de sa silhouette attirante, et Ethan se surprit à tracer des yeux des contours qu'il n'aurait pas dû.

— Tu es sûr ? Je veux dire, c'est ton lit... La voix de

Scarlett s'éteignit, ses joues rougissant d'une chaleur qui n'avait rien à voir avec le feu.

— J'insiste. Sa voix avait un ton de commandement qui ne souffrait aucune contestation, mais le regard dans ses yeux l'adoucissait en une offre de protection.

— D'accord, céda-t-elle, la tension dans ses épaules s'apaisant à l'idée d'un vrai lit. Pour la première fois depuis qu'elle avait été témoin du meurtre, Scarlett ressentit les prémices de la sécurité, un sanctuaire au milieu du chaos qu'était devenue sa vie.

Son regard soutint le sien pendant un moment chargé.
— Merci pour tout.

— N'en faisons pas plus que ce que c'est, dit Ethan d'un ton bourru, reportant son attention sur le feu. Tu avais besoin d'aide ; je te l'ai offerte. C'est aussi simple que ça.

— Rien de ce soir n'a été simple, répliqua doucement Scarlett, traversant la pièce pour se tenir à côté de lui près de l'âtre. La chaleur du feu accentuait la rougeur de ses joues et la façon dont ses cheveux cascadaient en vagues sur la chemise empruntée.

— Peut-être pas, concéda Ethan, ressentant le poids de leur proximité. Mais certaines choses n'ont pas besoin d'être compliquées.

Leurs yeux se rencontrèrent à nouveau, et l'air entre eux s'épaissit de questions non dites et de la promesse de quelque chose qu'aucun des deux n'était prêt à explorer.

Pour l'instant, les flammes vacillantes apportaient la seule réponse dont ils avaient besoin. Un répit contre le froid, une barrière contre l'obscurité, et un abri temporaire face à un monde déterminé à les déchirer.

CHAPITRE-4

— otre chambre, dit Ethan en désignant la porte de droite d'un signe de tête. Sa voix était égale, mais son regard s'attarda sur Scarlett plus longtemps que nécessaire, trahissant une trace d'inquiétude sous son apparence stoïque. Elle observa son dos tandis qu'il se dirigeait vers la pièce, tendit le bras et en sortit la clé.

— Merci, murmura Scarlett, ses doigts effleurant ceux d'Ethan lorsqu'elle prit la clé qu'il lui tendait. Ce bref contact envoya une décharge inattendue à travers eux deux, une étincelle de connexion qu'aucun ne pouvait vraiment expliquer.

— Tout pour que tu te sentes en sécurité. Ferme à clé derrière toi si ça te rassure, mais tu ne risques rien, promit-il d'un ton sérieux.

Scarlett franchit le seuil de la petite pièce, dominée par un lit en bois artisanal recouvert d'une épaisse couette. Elle se tourna vers Ethan, qui était resté dans l'embrasure de la porte, une expression indéchiffrable sur ses traits rugueux. — Je ne peux pas te dire à quel point ça compte pour moi.

— Repose-toi, répondit-il, la douceur de son ton contrastant avec son apparence bourrue. Demain est un autre jour, et tu auras besoin de toutes tes forces.

Lorsqu'Ethan ferma la porte derrière lui, laissant Scarlett à la solitude de sa chambre, elle s'appuya contre celle-ci pour se soutenir. La tension qui s'était accumulée en elle se dénoua, et elle se laissa tomber sur le bord du lit.

À chaque respiration tremblante, les événements de la journée semblaient s'éloigner légèrement, cédant la place à une fatigue profonde qui l'enveloppait. Elle enleva ses bottes et se blottit sous la couette, s'abandonnant à l'épuisement qui s'emparait d'elle.

Dans le salon, Ethan s'installa dans un vieux fauteuil en cuir, son corps tourné vers la lumière vacillante de la cheminée. Ses yeux, cependant, étaient attirés par la porte fermée de Scarlett, la barrière entre eux à la fois physique et métaphorique.

Son esprit bouillonnait de pensées concernant la femme qui cherchait refuge sous son toit, la courbe de sa silhouette à la lueur du feu, la trace de vulnérabilité dans ses yeux émeraude, et l'attraction sexuelle insensée qu'il ressentait pour elle.

— Merde, marmonna-t-il pour lui-même, en pressant les paumes de ses mains contre ses yeux. C'était un homme habitué à compartimenter ses émotions, à garder sa vie personnelle et sa vie professionnelle séparées.

L'intrusion inattendue de Scarlett dans son monde solitaire brouillait ces lignes d'une manière qui le laissait agité. Il n'était pas sûr d'aimer ça. Pas encore.

Il se leva du fauteuil, arpentant la longueur de la pièce avant de s'arrêter une fois de plus devant la porte. L'envie de s'assurer qu'elle allait bien, de la voir paisible dans son sommeil, était presque irrésistible.

La mâchoire serrée, il se força à se détourner, se rappelant qu'il n'était pas un héros de roman à l'eau de rose ; il était un assassin, un homme dont les mains étaient tachées du sang de ses cibles.

— Concentre-toi, Raker, chuchota-t-il dans le silence, le surnom qu'il avait gagné sur le terrain lui rappelant qui il était. Tu as un travail à faire.

Et pourtant, alors qu'il se glissait dans les ombres de la cabane, l'image de Scarlett, robuste et courageuse, le hantait. Oui, c'était un contraste bienvenu avec les fantômes qui lui tenaient habituellement compagnie dans les nuits solitaires de la montagne.

Scarlett, pendant ce temps, était allongée sous la couette, son corps lourd d'une fatigue qui rivalisait avec le poids des montagnes pressant contre l'horizon. Le sommeil lui échappait cependant.

La peur était une compagne implacable, murmurant des histoires de poursuite et de péril dans l'obscurité à propos du tueur. Elle tourna la tête, écoutant le craquement silencieux de la cabane qui s'installait, et pendant un moment, elle laissa ce son apaiser ses nerfs à vif.

— Tu dois essayer de te concentrer, Scarlett, murmura-t-elle pour elle-même, s'accrochant au calme qu'Ethan lui avait inexplicablement offert plus tôt. Tu es en sécurité ici. Pour l'instant.

Elle ferma les yeux, essayant d'évoquer l'image de l'homme imperturbable qui était devenu son protecteur inattendu. Une montagne d'homme avec des yeux qui semblaient voir à travers ses défenses.

Malgré son apparence rude, il faisait preuve d'une gentillesse réfléchie qui révélait un côté caché de lui au-delà de son personnage de soldat. Si elle devait deviner, il était ancien militaire, peut-être ? Ou pire. Elle ne voulait pas s'y attarder.

— En sécurité, souffla-t-elle à nouveau, laissant ce mot devenir son mantra jusqu'à ce que la tension quitte progressivement ses épaules.

— Bonne nuit, Scarlett, lança Ethan une fois de plus d'une voix rassurante, en s'installant sur le canapé avec une couverture drapée sur lui. Va dormir.

— Bonne nuit. Sa réponse était à peine plus qu'un murmure alors qu'elle se retirait dans la chambre, fermant la porte derrière elle.

Allongée sous la couette, Scarlett ferma les yeux et sentit les dernières traces de sa vigilance alimentée par l'adrénaline s'estomper. Ici, dans cette cabane de montagne isolée avec un homme dont l'existence même était un paradoxe, elle avait trouvé un refuge improbable.

Alors que le sommeil s'emparait progressivement d'elle, son esprit fut consumé par la curiosité et l'intrigue entourant le captivant Ethan.

Pour elle, il n'était qu'un sauveur. Comment pouvait-elle savoir qu'il était un assassin mortel qui pourrait être encore plus dangereux que ceux qui la poursuivaient ?

Dans le salon, Ethan était tout sauf à l'aise. Les ombres dansaient sur les murs tandis qu'il alimentait le feu d'une nouvelle bûche, son esprit embrasé de pensées aussi sauvages que les flammes devant lui.

Il connaissait les risques d'héberger quelqu'un comme Scarlett et comment cela peignait une cible sur leurs deux dos. Pourtant, la compassion, un trait qu'il considérait souvent comme une faiblesse, l'avait poussé à lui ouvrir sa porte.

— Maudits soient ces élans de conscience tardifs, grommela Ethan dans un souffle, en passant une main dans ses cheveux.

Ses yeux se tournèrent une fois de plus vers la porte fermée, ressentant l'attrait d'une attirance aussi inopportune qu'indéniable. La courbe des lèvres de Scarlett, sa détermination ardente. Tout cela éveillait en lui quelque chose qui était resté longtemps en sommeil.

— Reprends-toi, abruti, se réprimanda-t-il, chassant ces pensées dangereuses. C'est un boulot, pas une aventure.

Même en disant cela, la frontière entre le devoir et le désir s'estompait dans son cœur, un cœur dont il n'était pas sûr qu'il ait de la place pour les émotions plus douces qu'il entretenait maintenant imprudemment.

À chaque seconde que Scarlett passait sous son toit, les enjeux augmentaient, tout comme l'intensité d'une alchimie qu'il ne pouvait nier.

— Demain, promit-il à la pièce vide, je réglerai ça. Demain.

Cette nuit, cependant, dans les espaces silencieux entre leurs solitudes séparées, chacun d'eux livrait sa propre bataille. La sienne était contre la terreur de l'inconnu. La sienne était contre la marée montante d'un désir interdit qui menaçait d'emporter les fondements mêmes de son existence solitaire.

De temps en temps, Ethan rôdait dans le petit espace de vie de la cabane comme un prédateur agité, chaque pas silencieux malgré le tumulte qui bouillonnait en lui.

Les ombres de la cheminée dansaient sur son front tandis qu'il se versait un verre de whisky, le liquide doré brillant à la lueur du feu.

Mélanger travail et plaisir n'avait jamais été son truc, mais Scarlett avait changé cela à son insu quand elle était entrée dans sa vie.

— Concentre-toi, murmura-t-il pour lui-même, sa voix à peine plus haute qu'un chuchotement, mais le son semblait trop fort dans le calme de la nuit. L'esprit discipliné d'Ethan se débattait avec la situation, essayant d'élaborer un plan qui les protégerait tous les deux.

Pourtant, chaque fois qu'il fermait les yeux, tout ce qu'il voyait étaient des images de la magnifique silhouette de Scarlett et de ses yeux verts enchanteurs, alimentant un désir passionné qui ne pouvait être rationalisé.

— Maudite soit-elle d'être si... maudite soit-elle, marmonna-t-il, prenant une gorgée de whisky, sa brûlure étant une piètre distraction face à la chaleur qui montait en lui.

Pendant ce temps, derrière la porte fermée de la chambre d'amis, Scarlett était allongée sur le lit, son corps épuisé mais son esprit refusant de s'arrêter. Elle serra le couvre-lit plus étroitement autour d'elle, bien que le froid qu'elle ressentait n'ait rien à voir avec la température.

Elle utilisa la lumière de la lune pour regarder le plafond en bois et essaya de trouver des motifs pour se distraire des dangers extérieurs.

— Essaie de garder ton sang-froid, Scarlett, se

murmura-t-elle, sa voix tremblant malgré sa détermination. Tu es en sécurité ici... pour l'instant.

Le sommeil restait insaisissable tandis qu'elle rejouait les événements de sa rencontre avec Ethan. Son cœur s'était presque arrêté quand ses mains musclées l'avaient saisie, pourtant il y avait une douceur dans son toucher qui contredisait sa présence imposante. Même maintenant, le souvenir de leur proximité lui envoyait un frisson le long de la colonne vertébrale, un frisson qui n'était pas entièrement né de la peur.

— Arrête ça, se réprimanda-t-elle, se tournant sur le côté comme si elle pouvait échapper à ses propres pensées perfides. Il est dangereux. Mais après tout, je le suis aussi pour lui.

De retour dans le salon, Ethan posa son verre et s'appuya contre le mur, laissant le bois frais presser contre sa peau chauffée. Chaque nerf de son corps était accordé à la présence juste derrière la porte. Il pouvait presque entendre sa respiration, pouvait l'imaginer allongée là avec ses yeux rebelles fermés, ses cheveux roux étalés sur l'oreiller.

— Hors limites, grogna-t-il pour lui-même, les mots ressemblant plus à une supplication qu'à un ordre.

De l'autre côté de la fine séparation, Scarlett enfonça ses doigts dans le couvre-lit, aspirant à la sécurité qu'elle tenait autrefois pour acquise.

L'idée de faire confiance à Ethan était aussi intimidante que nécessaire, et malgré la peur qui lui déchirait les entrailles, elle ne pouvait nier l'étrange sentiment de sécurité que sa proximité lui procurait.

— Demain, souffla-t-elle, ses pensées faisant écho à celles d'Ethan. J'affronterai demain quand il viendra.

Dans la nuit calme de la montagne, les deux âmes se trouvaient prises dans une toile de tension et d'attirance inavouée.

Leurs vies, autrefois séparées, étaient maintenant entrelacées d'une manière à laquelle ni l'un ni l'autre n'était préparé.

Les braises mourantes dans la cheminée furent avalées par l'obscurité, cachant leurs secrets jusqu'à l'arrivée du matin.

CHAPITRE-5

Ethan eut du mal à dormir cette nuit-là. Scarlett, la dernière fois qu'il avait vérifié, s'était endormie et ronflait doucement. Elle ressemblait à un ange rubénien.

Il ne pouvait s'empêcher de venir la regarder souvent, craignant qu'elle ne disparaisse et que tout cela n'ait été qu'un long rêve, comme dans ses séries télévisées préférées.

Elle était bien réelle, et une fois de plus, il sentit une agitation dans ses reins. Ses yeux se plissèrent, la lumière de la lune projetant des ombres nettes sur son visage buriné tandis qu'il étudiait Scarlett. Voilà une énigme, une bizarrerie dans son environnement soigneusement contrôlé.

Après cette longue nuit, il s'était levé pour faire du café car ils en auraient tous les deux besoin. Ce ne fut pas long avant qu'elle ne vienne le rejoindre, réveillée par l'arôme des grains torréfiés.

Elle était belle la nuit dernière quand il l'avait vue pour la première fois, mais maintenant, dans la lumière du petit matin, elle était encore plus radieuse.

Il changea de position, conscient de l'effet qu'elle avait sur lui alors qu'il lui tendait une tasse de café fumante, qu'elle accepta avec grâce.

— Tu as faim ?

Répondant en ébouriffant ses cheveux d'un geste joueur, elle déclara :

— Je meurs de faim, et il ne put s'empêcher de rire quand son estomac grogna férocement.

En quelques minutes à peine, il prépara habilement une délicieuse omelette et des toasts pour eux, et son bonheur grandissait en la regardant savourer son repas.

Bien qu'elle se soit proposée pour aider, il insista pour qu'elle fasse une pause et se détende. Il s'abstint de lui poser les questions qui lui venaient à l'esprit jusqu'à ce qu'elle ait fini et qu'il ait débarrassé la table.

Après une deuxième tasse de café, il se mit prudemment à la questionner. Bien que son instinct initial fût de croire son histoire, il ne pouvait s'empêcher de vouloir vérifier et être certain. La nature de son travail. Était-ce purement une coïncidence qu'elle ait choisi sa cabane ? Est-ce que quelqu'un d'un groupe rival de tueurs à gages l'avait envoyée ? Il avait beaucoup de questions.

— Que cherchais-tu ? Sa voix était basse mais insistante, exigeant une réponse sans élever le ton.

— Écoute, je t'ai dit la vérité hier soir. La voix de Scarlett vacilla sous son regard intense, sa poitrine se soulevant et s'abaissant avec des respirations anxieuses. Elle prit un moment pour se ressaisir avant de croiser à nouveau son regard. — J'avais besoin d'un endroit pour me cacher.

— Te cacher de quoi ? Ou devrais-je demander, de qui ?

Elle hésita, le poids de sa situation ancrant sa langue. Il était clair qu'elle débattait de ce qu'elle devait révéler, mais l'urgence de sa situation ne lui laissait guère le choix. Elle déglutit difficilement, le contour de sa gorge bougeant délicatement. — J'ai vu quelque chose que je n'aurais pas dû voir, et crois-moi, je le regrette amèrement.

— Qu'as-tu vu exactement ? interrompit Ethan, s'approchant, la distance entre eux chargée d'une certaine tension.

— C'était... c'était un meurtre horrible, chuchota-t-elle, ses yeux verts écarquillés de terreur avant qu'elle ne les ferme, comme si cela pouvait effacer le souvenir. — J'ai été témoin d'un meurtre, et maintenant ils sont à mes trousses.

— Qui sont « ils » ? La question resta en suspens, lourde d'implications.

— Des hommes. Des hommes dangereux. Liés à quelque chose d'énorme, quelque chose de... criminel. Les bras de Scarlett l'entourèrent, mais son regard ne vacilla jamais. Il était clair qu'elle était habituée à tenir bon.

Ethan traita cette nouvelle information, son esprit en ébullition. Il pouvait sentir la vérité dans ses paroles. La peur était authentique, brute. Ce n'était pas la première fois qu'il rencontrait quelqu'un en fuite face à des menaces invisibles, mais il y avait quelque chose de différent chez Scarlett. Elle portait sa peur comme une armure, prête à livrer bataille contre tout ce qui se dresserait sur son chemin.

— D'accord, dit-il finalement, le coin de sa bouche tressaillant dans un semblant de sourire narquois. — Disons que je te crois. Qu'est-ce qui te fait penser que tu serais en sécurité ici avec moi ?

— Parce que... Les yeux de Scarlett scrutèrent les siens, cherchant une ancre dans la tempête. — Parce que tu n'as pas l'air d'être comme eux. Et en ce moment, j'ai besoin de faire confiance à quelqu'un.

Parce que je me sens en sécurité avec toi.

Ethan sentit un éclair de quelque chose de dangereux passer entre eux. Elle était vulnérable et avait besoin d'aide. Il avait son propre serment tacite de protéger ceux dans le besoin. C'était une danse qu'au moins lui connaissait bien, une danse de péril et de promesse. Et elle ?

— La confiance se gagne, dit-il, sa voix s'adoucissant juste assez pour en atténuer la dureté. — Mais pour l'instant, je vais faire un geste de bonne volonté. Tu peux rester aussi longtemps que tu en auras besoin.

Son soulagement était indéniable, pourtant elle restait sur ses gardes, comme si elle s'attendait à ce que les murs s'écroulent à tout moment. Ethan observa Scarlett naviguer à travers son épuisement et sa peur. Il reconnut l'attraction familière qui le tirait vers elle. C'était un courant sous-jacent qui ajoutait de la complexité à une situation déjà volatile.

Seigneur, aide-moi.

— Merci, souffla-t-elle, et malgré tout, ses lèvres s'incurvèrent en un sourire fatigué mais sincère.

— Que dirais-tu d'une randonnée ? Rien de tel pour se vider la tête et réfléchir plus clairement, demanda-t-il et fut récompensé par un hochement de tête enthousiaste.

Ils en avaient tous les deux besoin.

CHAPITRE-6

*L*es bottes d'Ethan ouvraient la voie, foulant la terre dans une danse familière.

Scarlett le suivait de près, chacun de ses pas résonnant dans la symphonie sauvage du sentier de montagne. Tandis qu'ils grimpaient, l'odeur vive des pins et le craquement des feuilles sous leurs pieds étaient leurs seuls compagnons.

— Attention où tu marches ici, conseilla Ethan sans se retourner, sa voix aussi stable que le terrain sous leurs pieds. Les racines aiment bien jouer des tours aux chevilles.

Ça ne te dérangerait pas de devoir me porter, n'est-ce pas ?

— Merci pour l'avertissement, répondit Scarlett, son souffle formant de petits nuages brumeux tandis qu'elle négociait l'obstacle. Elle était impressionnée par ses mouvements fluides et puissants, et trouvait du réconfort dans la force de ses larges épaules.

— Le Point des Amoureux est juste après le virage, dit-il, en hochant la tête vers une crête au loin. La meilleure vue à des kilomètres à la ronde. Son visage s'ouvrit lentement en un sourire. Honnêtement, je le jure. Ce n'est pas moi qui l'ai nommé.

— Je me demande combien de gens regardent vraiment la vue, répliqua-t-elle avec son propre sourire.

Son cœur battait la chamade, pas seulement à cause de la randonnée, mais aussi de l'excitation de partager ce moment avec lui. Chaque histoire qu'Ethan racontait sur les montagnes révélait une nouvelle facette de l'homme derrière le mystère.

C'était un récit que Scarlett désirait plus que l'air pur de la montagne. Elle savait qu'il faisait cela pour lui changer les idées, et elle appréciait le geste.

— Tu viens souvent ici ? demanda Scarlett, repoussant une mèche rebelle de ses cheveux de feu. C'était sa façon d'être curieuse. Ressentait-elle une pointe de jalousie ?

— À chaque occasion, mais uniquement pour la vue, avoua Ethan. Son regard s'attarda sur elle un instant de plus que nécessaire, réchauffant ses joues plus que ne l'avait fait la randonnée. Il y a une paix ici qui n'existe nulle part ailleurs. Pas dans mon monde.

Scarlett sentit le poids de ses paroles, chargées d'une vie vécue sur le fil du rasoir. Elle avait déjà une idée intuitive de ce que son monde comprenait.

Tendant son bras vers lui, elle effleura le sien, ses doigts le frôlant doucement. Le contact envoya une décharge électrique à travers eux deux.

— Parle-moi davantage de cet endroit, l'encouragea-t-elle, ses yeux verts se fixant sur les siens, sombres, à la recherche des secrets qui s'y cachaient.

— La légende raconte, commença-t-il, un doux sourire

jouant sur ses lèvres, que les amoureux qui assistent ensemble au lever du soleil au Point des Amoureux sont liés pour l'éternité.

— Vraiment ? Scarlett haussa un sourcil, son pouls s'accélérant. On dirait que la montagne joue les entremetteuses.

— Peut-être bien, la taquina-t-il en retour, le coin de sa bouche se soulevant juste assez pour faire palpiter son cœur. Je sais que je vais un peu vite, mais je ne pense pas qu'elle ait besoin de beaucoup travailler avec nous.

La chimie entre eux était indéniable. Elle pouvait être ressentie par n'importe qui, même quelqu'un d'aveugle. L'énergie chargée dans l'air entre eux était aussi indéniable que le paysage majestueux qui se déployait autour d'eux.

Ils n'étaient pas sûrs de l'origine de leur connexion, car elle aurait pu être provoquée par le danger, l'attirance sexuelle, la peur ou la curiosité.

— Espérons que la montagne approuve alors, dit Scarlett, sa voix mêlant défi et anticipation.

— Quelque chose me dit qu'elle approuve déjà. Tu es en sécurité avec moi, toujours. C'est ce que je fais, répondit Ethan, sa main trouvant la sienne, leurs doigts s'entrelaçant avec une facilité qui semblait aussi naturelle que les ruisseaux serpentant sur le sol de la forêt.

Elle laissa échapper un rire nerveux en serrant sa main.

Que signifiait tout cela ? Même avant qu'il ne le lui dise, elle avait en quelque sorte senti qu'il n'était pas un enfant de chœur. C'était un assassin. Elle le sentait dans ses tripes. Cela la dérangeait-elle ? Honnêtement, non, parce qu'elle savait qu'elle ne pouvait être en de meilleures mains. À moins, bien sûr, qu'il ne soit celui qui la poursuivait.

Je te fais confiance Ethan, et je ne sais pas exactement pourquoi, mais c'est le cas.

Le fracas rythmique de l'eau contre la pierre détourna leur attention du sentier, et Ethan s'arrêta, levant une main pour que Scarlett s'arrête aussi. — Tu voudras voir ça, dit-il, cette étincelle familière d'aventure s'allumant dans ses yeux sombres.

Elle suivit son regard là où la forêt s'écartait, révélant une cascade cachée qui dansait le long de la paroi rocheuse en une cascade de gouttelettes scintillantes. Le grondement de l'eau qui tombait emplissait l'espace autour d'eux, une symphonie naturelle qui pulsait de vie.

— Waouh, souffla-t-elle, ses yeux verts reflétant le spectacle devant elle. C'est magnifique.

— Viens. Il ouvrit la voie hors du sentier, ses foulées sûres et régulières alors qu'ils approchaient de la base de la cascade. Cet endroit est parfait pour une pause.

Ils s'installèrent sur une paire de rochers couverts de mousse, la fraîcheur de la pierre s'infiltrant à travers le tissu de leurs pantalons de randonnée. La brume de la cascade taquinait la peau de Scarlett, et elle l'accueillit avec plaisir après l'effort de la marche.

— La climatisation naturelle, plaisanta Ethan, un sourire tirant ses lèvres.

— Mieux que n'importe quel système de climatisation de bureau, rétorqua Scarlett, le rire bouillonnant dans sa gorge. Elle pencha la tête en arrière, laissant la fine bruine se déposer sur ses joues rougies.

— Est-ce ta façon subtile de dire que la vie de juriste

ne te manque pas ? la taquina Ethan, s'appuyant sur ses paumes pour profiter de la vue.

— Disons simplement que j'échangerais une montagne de paperasse contre une vraie montagne n'importe quand, répondit-elle, ses mots empreints de sincérité.

— Bon choix, dit-il, les yeux plissés d'amusement. Surtout quand la compagnie est aussi agréable que celle-ci.

— Insinues-tu que tu es de bonne compagnie, M. Raker ? Scarlett leva un sourcil d'un air joueur, le défiant.

— Seulement si tu admets que tu apprécies, Mlle Kenner, rétorqua-t-il, adoptant le même ton enjoué.

Leurs regards se croisèrent et, pendant un instant, le monde sembla se réduire à eux deux et au rythme régulier de la cascade. Des mots restèrent suspendus entre eux, chargés de la même électricité qui surgissait chaque fois que leurs peaux s'effleuraient.

— Peut-être bien, avoua Scarlett, sa voix un doux murmure contre le grondement de l'eau. Un sourire audacieux courba ses lèvres, l'invitant à partager sa révélation.

— Dans ce cas, peut-être, dit Ethan en se penchant plus près, son souffle se mêlant au sien, devrions-nous envisager de prendre plus de pauses comme celle-ci.

— Peut-être que nous devrions, acquiesça-t-elle, la distance entre eux ne se mesurant plus qu'en battements de cœur.

Dans l'étreinte de la cascade, entourés par la végétation luxuriante et la cadence régulière de la nature, ils se regardaient tous deux en se demandant ce que l'avenir leur réservait.

Le bruit de la cascade s'estompa en un fond sonore discret tandis que l'attention de Scarlett passait de leur badin enjoué à quelque chose de bien plus sérieux.

Elle détourna son regard d'Ethan pour contempler les montagnes qui s'étendaient à l'infini devant eux. Le soleil de fin d'après-midi projetait de longues ombres sur les pics escarpés, et pendant un instant, elle sembla perdue dans cette immensité.

— Là-bas, commença-t-elle, sa voix à peine plus haute qu'un murmure, on a l'impression qu'on peut échapper à tout... même au passé. Ses doigts effleuraient distraitement l'ourlet de son chemisier, un geste inconscient trahissant son malaise.

Ethan l'observait attentivement, remarquant le changement subtil dans sa posture, la façon dont son rire s'était estompé. — Qu'y a-t-il, Scarlett ? demanda-t-il, son ton doux, l'invitant à partager ce qui pesait sur son esprit.

Elle prit une profonde inspiration, sa poitrine se soulevant et s'abaissant dans l'effort pour se calmer. — Ce que j'ai vu, Ethan, c'était quelque chose de terrible. Son aveu resta suspendu entre eux, et quand elle croisa enfin son regard, ses yeux étaient des puits scintillants de vulnérabilité.

— Continue, l'encouragea-t-il doucement, un courant sous-jacent de protection tissant ses mots.

Elle avait été témoin du meurtre de sang-froid de son

patron, un avocat chevronné à l'esprit vif et à la répartie encore plus acérée. Tout s'était passé si vite.

Elle était entrée dans son bureau, après l'heure de fermeture et des dossiers à la main, avec l'intention de lui présenter des documents urgents.

L'ambiance de la pièce était tendue dès qu'elle y avait mis les pieds. Elle avait entendu des voix élevées, une dispute qui portait le poids indéniable de quelque chose de bien plus dangereux qu'un simple différend juridique. Elle avait supposé qu'il était au téléphone.

La voix de son patron était ferme, mais il y avait une pointe de peur qu'elle n'avait jamais entendue auparavant. C'est alors qu'elle remarqua l'autre homme, grand, imposant, le visage tordu par la rage.

Avant qu'elle ne puisse pleinement saisir la situation, l'homme avait sorti une arme. L'éclat métallique froid de l'arme avait capté la lumière au moment même où il la pointait sur le cœur de son patron. Il n'y eut aucune hésitation, aucune seconde pensée.

Le coup de feu retentit, une détonation assourdissante qui résonna dans toute la pièce. Elle regarda avec horreur son patron s'effondrer, le sang éclaboussant le bureau poli et les papiers immaculés. La force du tir fit légèrement tourner son fauteuil, son corps affaissé en une masse sans vie.

Son souffle se figea, un halètement aigu lui échappant avant qu'elle ne puisse se retenir. La tête du tueur se tourna brusquement vers elle, les yeux écarquillés de surprise.

Le tueur ne s'attendait manifestement pas à ce que quelqu'un soit là, encore moins à ce qu'il y ait un témoin du meurtre. Pendant un instant, leurs regards se croisèrent, sa terreur reflétée dans la surprise de l'homme.

Le bref silence était étouffant, la tension si épaisse qu'on aurait dit que l'air avait été aspiré de la pièce. Puis l'instinct prit le dessus.

Elle courut. Elle ne réfléchit pas, ne planifia rien, elle s'enfuit simplement, le cœur battant dans sa poitrine comme un tambour de guerre. Le bruit de sa propre respiration était assourdissant alors qu'elle dévalait le couloir vide, n'osant pas regarder en arrière.

Elle courut jusqu'à ce que ses jambes la brûlent et que ses poumons réclament de l'air, jusqu'à ce qu'elle sorte en trombe du bâtiment dans la nuit, ses mains tremblant incontrôlablement. Elle courut jusqu'à ce qu'elle arrive à sa cabane.

Les mains de Scarlett tremblaient encore. — C'était un meurtre, tout simplement, chuchota-t-elle, sa voix se brisant comme du verre fragile, le poids de l'aveu pesant sur elle.

— Je l'ai vu. Je l'ai regardé mourir... juste devant moi. Elle fit une pause, déglutissant difficilement en essayant de garder une voix stable, mais le souvenir de ce terrible moment se rejouait sans cesse dans son esprit. — La première fois de ma vie... et mon Dieu, j'espère que ce sera la dernière.

Ses yeux parcouraient l'étendue, son anxiété palpable. — J'ai terriblement peur qu'ils me trouvent, admit-elle, sa voix à peine plus haute qu'un murmure. Et s'ils me tuaient aussi facilement qu'ils l'ont tué, lui ? Il n'a même pas eu une chance... Sa voix faiblit alors qu'elle déglutissait à nouveau, la peur vacillant dans ses yeux comme une bougie luttant pour rester allumée dans une rafale de vent.

Scarlett, la voix tremblante comme si les mots eux-mêmes étaient des éclats de verre, continua d'insister sur le fait que c'était un meurtre, pur et simple.

L'expression d'Ethan passa de la curiosité à l'inquiétude en un instant. Ses instincts d'assassin se mirent en alerte, conscient de la gravité de son aveu, mais il resta calme pour elle.

Il tendit la main, sa main rugueuse enveloppant la sienne avec une fermeté douce qui était à la fois rassurante et réconfortante.

— Hé, chuchota-t-il en lui serrant légèrement la main. Tu n'es plus seule face à ce problème. N'oublie pas ça.

Elle sentit la chaleur de son contact s'infiltrer dans ses os, différente du froid de l'effroi qui s'était installé dans son cœur. C'était un étrange réconfort, venant d'un homme dont les mains étaient entraînées à la violence, mais qui ne lui offrait que de la tendresse à cet instant.

— Merci, murmura-t-elle, un fragile sourire tirant les coins de sa bouche. Leurs regards se croisèrent, et dans la profondeur de ses yeux, elle trouva une ancre dans la tempête qu'était devenue sa vie.

— Je ne les laisserai pas te faire de mal, affirma simplement Ethan avec une conviction qui résonna profondément en elle. Il n'y avait aucun jugement sur son visage, seulement une détermination féroce qui lui disait qu'il pensait chaque mot.

Au milieu du chaos et de la peur, ils trouvèrent un moment de réconfort, leur attachement se renforçant par la simple pression d'une main.

CHAPITRE-7

Avec les arbres au-dessus d'eux et la terre sous leurs pieds, Ethan et Scarlett grimpaient le sentier de montagne, apercevant occasionnellement des morceaux de ciel bleu.

L'air était frais et pur, mais ni l'un ni l'autre ne pouvait ignorer la tension qui couvait entre eux. Il y avait un mélange de peur, de confiance et d'un lien forgé par une vulnérabilité partagée.

— Fais attention ici, prévint Ethan alors qu'ils négociaient une pente particulièrement raide, sa main se posant brièvement dans le bas du dos de Scarlett.

Son contact lui envoya une décharge, lui rappelant le danger auquel ils faisaient face et la force qu'elle trouvait en sa présence.

— Merci, répondit Scarlett d'une voix assurée, mais son esprit tourbillonnait avec les implications de ce qu'elle avait révélé. Le meurtrier, la poursuite, la menace omniprésente. Tout s'accrochait à elle comme la brume matinale qui s'accrochait aux arbres environnants.

— Parle-moi de tes parents, dit soudainement Ethan, brisant le silence. C'était un mouvement habile, détournant leur conversation des pensées sombres qui assombrissaient leurs pas.

Scarlett cligna des yeux, prise au dépourvu par ce changement abrupt. — C'étaient de bonnes personnes, commença-t-elle, sa voix teintée de nostalgie. Gentilles et justes. Elles auraient fait n'importe quoi pour moi.

— On dirait qu'elles t'ont donné de solides fondations, observa-t-il d'un ton doux.

— C'est vrai. Scarlett força un sourire, bien qu'il n'atteignît pas tout à fait ses yeux. — Et toi ? Je sais que tu as dit qu'ils t'avaient appris à distinguer le bien du mal.

La mâchoire d'Ethan se crispa imperceptiblement. — Oui, c'est vrai. Ils me guident encore, d'une certaine manière.

— Même maintenant ? demanda Scarlett, sa curiosité piquée malgré le tumulte qui tourbillonnait en elle.

— Même maintenant, confirma-t-il, l'ombre d'un sourire se dessinant sur ses lèvres.

Leur échange fut interrompu lorsqu'ils débouchèrent dans une clairière, le monde s'ouvrant devant eux. Les montagnes s'étendaient dans toutes les directions, les sommets embrassant le ciel, les vallées creusant de profondes ombres dans la terre. Le souffle de Scarlett se coupa à cette vue, la majesté brute de tout cela bannissant temporairement ses peurs.

— Waouh, souffla-t-elle, les yeux écarquillés d'émerveillement.

— Assez incroyable, hein ? Ethan se tenait à côté d'elle, son regard non pas sur le paysage, mais sur elle. Il y avait quelque chose d'intense dans ses yeux, une braise qui semblait s'enflammer chaque fois qu'elle croisait son regard. C'était déconcertant de voir comment cet homme, cet assassin, pouvait la faire se sentir si vivante face à la mort.

— C'est simplement waouh, répondit Scarlett, sa voix baissée en signe de révérence.

Il hocha la tête, puis se tourna pour lui faire face complètement, l'intensité de son regard se verrouillant sur le sien. — Scarlett, écoute-moi, dit-il, sa voix basse et sincère. Je sais que tu as peur. Bordel, j'ai peur pour toi. Mais je veux que tu saches que quoi qu'il arrive, je te couvre.

La sincérité de ses paroles l'enveloppa comme une cape protectrice. Il n'offrait pas seulement du réconfort ; il faisait un vœu, une promesse solennelle qui résonnait dans chaque fibre de son être.

— Je sais, Ethan, murmura-t-elle, son cœur battant la chamade avec un mélange d'appréhension et de désir.

Elle voulait le croire, avoir confiance en sa capacité à la garder en sécurité, et pourtant la réalité de sa situation planait au-dessus d'eux deux, une reconnaissance tacite du péril qui la suivait à chaque pas.

— Nous sommes ensemble dans cette histoire maintenant, affirma-t-il, sa main trouvant à nouveau la sienne, leurs doigts s'entrelaçant naturellement. Je les trouverai.

Alors que leurs yeux se fixaient, un courant passa entre eux, électrique et indéniable. C'était une connexion plus profonde que la simple attirance, enracinée dans le chaos qui les entourait et le réconfort qu'ils trouvaient dans la compagnie de l'autre.

— Allons-y avant que je ne perde le contrôle, finit par dire Ethan, sa voix un grondement bas qui lui envoya des frissons le long de la colonne vertébrale. Nous serons de retour avant la tombée de la nuit.

Perds le contrôle, je t'en prie.

— Montre-moi le chemin, répondit Scarlett, son pouls s'accélérant alors qu'ils repartaient, les mains toujours jointes. Elle ne pouvait nier le frisson qui la parcourait, alimenté par la promesse dans les paroles d'Ethan et le chemin inexploré qui s'étendait devant eux.

Ethan prit la tête alors que le terrain sous leurs pieds passait de la terre molle à un lit d'aiguilles de pin tombées. Scarlett se concentra sur sa démarche régulière tandis qu'ils grimpaient, sa respiration devenant un halètement mesuré.

— C'est glissant ici aussi, alors fais attention, dit-il par-dessus son épaule, pointant une racine noueuse qui serpentait à travers le sentier. Le soleil de fin d'après-midi filtrait à travers la canopée, projetant des ombres tachetées qui dansaient autour d'eux.

— Compris, répondit-elle, levant sa botte au-dessus de l'obstacle.

Ils marchèrent en silence pendant quelques instants, le seul bruit étant le murmure du vent à travers les arbres et l'appel occasionnel d'un oiseau lointain. La forêt semblait retenir son souffle, révérencieuse devant le lien qui se développait en son sein.

Les pas de Scarlett trébuchèrent lorsqu'une soudaine vague d'émotion la prit au dépourvu. Elle s'arrêta, posant sa main sur le bras d'Ethan, le faisant stopper. Ses muscles se tendirent sous son toucher, et il se tourna pour lui faire face, une question silencieuse dans ses yeux.

— Je... Sa voix se brisa, trahissant le tumulte en elle. Je ne peux pas assez te remercier d'être là. Pour tout.

Des larmes brillèrent dans ses yeux émeraude, débordant et traçant un chemin chaud sur ses joues.

— Hé, pas besoin de pleurer, marmonna-t-il, son pouce caressant sa peau, essuyant l'humidité. Tu n'es plus seule maintenant.

— Je n'arrive parfois pas à croire à cette réalité. J'étais juste une fille ordinaire qui travaillait il y a deux jours, confessa-t-elle, sa voix à peine plus qu'un murmure. Puis j'étais dans un état constant de fuite et de cachette. Mais avec toi, je me sens...

— En sécurité ? suggéra Ethan, sa voix basse et rassurante.

— Plus que ça, admit Scarlett. Comprise. Vue. Comme si je comptais.

Le regard d'Ethan s'attarda sur son visage, lisant la sincérité gravée dans chaque trait. C'était plus que de l'attirance ; c'était la reconnaissance de deux âmes cherchant refuge dans un monde impitoyable.

— Parce que tu comptes, Scarlett. Pour moi, dit-il, l'intensité claire de ses mots l'enveloppant comme une étreinte chaleureuse.

Leurs yeux se verrouillèrent, et l'espace entre eux sembla pulser d'une énergie presque tangible. Le cœur de Scarlett battait dans ses oreilles, chaque pulsation se synchronisant avec la vague de désir qui parcourait ses veines.

Le monde autour d'eux s'estompa, et tout ce sur quoi elle pouvait se concentrer était Ethan. La façon dont ses yeux sombres tenaient les siens avec une intensité qui lui coupait le souffle, la chaleur émanant de son corps alors qu'il se tenait si proche, mais toujours pas assez proche.

Il y avait une faim dans son regard, mais ce n'était pas seulement physique ; c'était plus profond, plus intense. Cela reflétait le désir ardent qui s'était construit en elle depuis ce qui semblait être une éternité.

— Est-ce fou, souffla-t-elle, les mots s'échappant avant qu'elle ne puisse penser à les arrêter, qu'au milieu de tout ce chaos, je sois attirée par toi ?

Elle sentit une rougeur d'embarras monter dans son cou, réchauffant ses joues. Elle n'avait pas eu l'intention d'avouer cela à voix haute, n'avait pas eu l'intention de se rendre si vulnérable, mais la vérité était indéniable. Il y avait quelque chose entre eux, quelque chose de réel.

Pas la peine de s'en inquiéter maintenant. Les mots étaient là, suspendus entre eux dans l'air frais de la montagne, impossibles à reprendre.

Les yeux d'Ethan s'adoucirent, et un lent sourire presque imperceptible tira les coins de ses lèvres. — Peut-être, murmura-t-il, sa voix rauque, comme du gravier poli par le temps. Mais alors, je dois être fou aussi.

La connexion entre eux était indéniable. Elle semblait vivante, comme si l'air même autour d'eux vibrait de l'électricité de leurs désirs inavoués.

Le souffle de Scarlett se figea dans sa gorge alors qu'Ethan fit un pas lent et délibéré en avant, réduisant la distance entre eux.

Les montagnes imposantes se dressaient en sentinelles autour d'eux, leurs pics dentelés peints dans des teintes d'or crépusculaire et de violet profond par le soleil couchant.

Une douce brise murmurait à travers les arbres, portant avec elle l'odeur de pin et de fleurs sauvages, mais tout ce sur quoi elle pouvait se concentrer était lui.

Sans un mot de plus, Ethan tendit la main et prit son visage dans ses mains, son toucher tendre mais ferme, l'ancrant dans le moment présent.

La chaleur de sa peau contre la sienne envoya un frisson d'anticipation le long de sa colonne vertébrale. Le temps sembla ralentir alors que son pouce caressait légèrement sa joue, le simple geste à la fois réconfortant et exaltant.

Son cœur s'emballa alors qu'elle le regardait, ses lèvres s'entrouvrant légèrement dans l'expectative.

Et puis il l'embrassa.

Le monde autour d'eux s'effaça complètement. Ses lèvres étaient douces mais insistantes, bougeant contre les siennes avec une passion lente et délibérée qui lui fit fléchir les genoux. Le baiser était une révélation, une explosion de sensations qui semblait se répercuter dans tout son être.

Elle pouvait goûter la légère trace de sel sur ses lèvres, sentir la rugosité de sa barbe naissante contre sa peau. Chaque nerf de son corps semblait s'enflammer alors que ses bras s'enroulaient autour de sa taille, la rapprochant, la tenant comme s'il ne voulait jamais la lâcher.

Les montagnes s'étendaient sans fin devant eux, vastes et intemporelles, mais à ce moment-là, ils avaient l'impression d'être les deux seules personnes dans l'univers.

Le ciel était magnifique alors que le jour touchait à sa fin, mais le baiser d'Ethan était encore plus intense et significatif. Ce n'était pas juste un baiser ; cela ressemblait à une promesse, et c'était un moment qui déplaçait l'axe de son monde.

Scarlett sentit quelque chose de profond en elle bouger, comme une pièce de puzzle qui se mettait en place. C'était un changement de vie, le baiser qui vous faisait oublier qui vous étiez avant, parce que plus rien ne serait jamais pareil.

Encouragée par son action, ses doigts s'accrochèrent au tissu de la chemise d'Ethan, l'attirant vers elle à nouveau. Leurs lèvres se rencontrèrent dans un baiser qui était à la fois une réponse à la question silencieuse suspendue dans l'air et un défi au monde qui osait les séparer.

— Mon Dieu, Scarlett, gémit Ethan contre sa bouche, ses mains glissant autour de sa taille, attirant sa forme courbe contre la sienne et posant ses mains sur ses fesses.

L'extérieur rugueux de l'homme de la montagne céda la place à une faim qui égalait la sienne, son toucher allumant un feu qui couvait depuis le moment où ils s'étaient rencontrés.

— Encore, chuchota-t-elle, son souffle se bloquant alors que ses lèvres traçaient un chemin brûlant le long de son cou, éveillant chaque terminaison nerveuse de son corps. La cascade à proximité n'était rien comparée à la cascade de sensations qu'elle sentait déferler sur elle comme des vagues implacables.

— Ici ? la taquina-t-il, sa voix rauque de désir alors qu'il mordillait sa clavicule, sachant pertinemment qu'ils étaient seuls au milieu des pins imposants et cachés par l'étreinte de la montagne.

Il n'y avait pas à nier son désir alors que son sexe pulsait contre son jean tandis qu'il se frottait contre elle.

— N'importe où, souffla Scarlett, sa résolution fondant sous son toucher expert. Ils étaient perdus l'un dans l'autre, le danger qui rôdait au-delà des montagnes temporairement oublié alors qu'ils s'accrochaient au réconfort trouvé dans leur passion partagée.

Le chaos qui avait consumé leurs vies quelques instants auparavant semblait se dissoudre dans l'arrière-plan, insignifiant comparé au feu qui brûlait maintenant entre eux.

Quand ils se séparèrent enfin, leurs fronts reposaient doucement l'un contre l'autre, leurs souffles se mêlant dans l'air frais de la montagne.

Le cœur de Scarlett battait encore la chamade, son corps vibrant des suites du baiser. Elle ouvrit les yeux pour trouver Ethan qui la regardait fixement, son expression mêlant émerveillement et quelque chose de plus profond, quelque chose qui résonnait dans sa poitrine.

— Pas si fou que ça après tout, murmura-t-il, sa voix à peine audible, comme s'il craignait qu'en parlant trop fort, il ne brise le moment fragile et parfait qu'ils venaient de créer.

Scarlett sourit, ses lèvres picotant encore du baiser, le

monde autour d'eux reprenant peu à peu ses contours. Mais ce n'était plus le même monde. Tout avait changé. Pour le meilleur.

— Allez, retournons à la cabane, dit Ethan d'une voix basse et rauque, brisant le charme. On devrait continuer à avancer.

— Montre-moi le chemin, répondit Scarlett, sa voix un écho enroué du désir qu'elle s'efforçait de contenir.

Ils se déplaçaient comme deux moitiés d'un tout à travers la nature sauvage, liés par un lien qui se renforçait à chaque instant.

L'anticipation d'atteindre la cabane grandissait pour tous les deux, et ils avançaient sur des jambes chancelantes.

CHAPITRE-8

Les flammes dansaient dans les yeux d'Ethan tandis qu'il observait Scarlett, chacun de ses mots tissant un fil invisible qui le rapprochait d'elle. Il se pencha en avant, les coudes sur les genoux, son attitude mêlant prédateur et protecteur.

— Dis-moi, Scarlett, murmura-t-il, que désires-tu au plus profond de la nuit ?

Le souffle de Scarlett se coupa, ses yeux verts reflétant la lumière du feu et une vulnérabilité qu'elle montrait rarement. — Me sentir... vivante, admit-elle, sa voix mêlant défi et désir. Ne pas juste survivre, mais vraiment vivre.

— C'est tout ? la taquina Ethan, un demi-sourire jouant sur ses lèvres, sachant pertinemment que le ton de leur conversation glissait vers quelque chose de bien plus chargé.

— N'est-ce pas suffisant ? répliqua Scarlett, son propre sourire taquin, même si son cœur s'emballait avec le frisson de cette danse dans laquelle ils s'engageaient.

— Peut-être, concéda Ethan. Sa main s'avança, ses doigts effleurant légèrement la ligne de sa mâchoire. Mais je pense qu'il y a plus. Il y a des choses dont nous avons tous les deux besoin, des choses que seule la nuit peut offrir.

Elle détourna le regard, puis le regarda à nouveau, ses joues rougies par une chaleur qui égalait celle des bûches brûlantes. — Et toi ? Que réserve la nuit à Ethan Raker ?

— Ce soir, dit-il d'une voix basse et rauque, elle recèle des promesses. Les mots flottèrent entre eux comme des fruits mûrs, suppliant d'être cueillis.

Leurs yeux se croisèrent, et Scarlett y vit le reflet de son propre désir, un écho de la passion qu'elle avait tant essayé d'ignorer. À chaque seconde qui passait, l'air s'épaississait d'anticipation.

— Des promesses, chuchota-t-elle, se penchant vers lui, son souffle se mêlant au sien.

— Des promesses, répéta-t-il, comblant l'espace entre eux.

Les lèvres d'Ethan effleurèrent celles de Scarlett dans une caresse légère comme une plume. Une question posée sans mots. Sa réponse vint non pas en paroles mais en action, une légère inclinaison de sa tête, ses lèvres s'entrouvrant en un assentiment silencieux.

— Ça va ? demanda-t-il, le masque de l'assassin glissant pour révéler l'homme qui aspirait à une connexion.

— Plus que bien, souffla-t-elle, s'abandonnant à l'instant.

Leurs bouches se rencontrèrent à nouveau, cette fois dans un baiser brûlant qui alluma un brasier en eux deux. Le monde extérieur à la cabane cessa d'exister ; il n'y avait plus que l'ici et maintenant, seulement Ethan et Scarlett et la passion indéniable qui refusait d'être contenue.

Alors qu'ils s'embrassaient, les dernières barrières tombèrent, ne laissant que le besoin brut et l'intimité qui pouvaient soit les consumer, soit les forger plus forts. En cet instant, ils choisirent d'embrasser le feu.

Leurs langues dansèrent sans hésitation, comme s'ils avaient tous deux convenu de se rendre à leur désir intense et d'en émerger, entrelacés et inséparables.

Leurs souffles se mêlèrent tandis qu'ils inhalaient l'essence l'un de l'autre, alimentant le feu qui menaçait de les engloutir.

Les mains d'Ethan devinrent exploratrices, cartographiant un territoire inconnu, traçant les contours du corps de Scarlett comme s'il dessinait une terre sacrée. Ses doigts vénéraient chaque centimètre d'elle, son toucher révérencieux et délibéré.

Chaque caresse laissait un chemin brûlant sur sa peau, témoignage d'un désir retenu depuis trop longtemps.

Elle lui répondit avec une urgence qui égalait la sienne, se cambrant vers la source de chaleur, son corps cherchant instinctivement plus de son toucher électrisant.

L'anticipation monta avec le lent glissement de ses lèvres le long de sa mâchoire jusqu'à ce qu'elles trouvent l'étendue tendre de son cou.

Là, il s'attarda, savourant le pouls qui s'accélérait sous sa peau, la marquant de doux baisers qui parlaient de possession et de protection.

La température de Scarlett grimpait en flèche, prise dans l'intimité de l'acte. Elle laissa échapper un doux gémissement, révélant à quel point elle était excitée, tandis qu'elle s'accrochait à lui, un homme qui savait survivre et qui savait maintenant éveiller tous ses sens.

Le souffle d'Ethan, un contraste chaud avec l'air frais de la nuit s'infiltrant par les interstices de la cabane, caressa l'oreille de Scarlett.

La cadence intime de sa voix envoya une vague de frissons le long de sa colonne vertébrale, chacun étant un murmure électrique qui épelait ses désirs inavoués.

— Dis-moi ce que tu veux, murmura-t-il, ses mots comme une caresse de velours, aussi puissants que les mains qui avaient maintenant le pouvoir de la défaire.

— Tout, chuchota Scarlett en retour, sa voix à peine plus qu'un tremblement dans le silence chargé entre eux.

Elle chercha son regard, ses yeux brillant du poids de mille désirs inassouvis. — Je veux tout avec toi.

Son aveu resta suspendu dans l'espace environnant, ponctué par le battement erratique de deux cœurs osant battre à l'unisson.

Leurs souffles se mêlèrent alors qu'ils inhalaient l'essence l'un de l'autre, alimentant le feu qui menaçait de les engloutir.

Alors qu'ils bougeaient ensemble, Scarlett s'émerveilla du paradoxe qu'était Ethan, un homme capable d'une telle précision létale. Et pourtant, il était là, la faisant se sentir chérie, en sécurité et désirée.

Son traumatisme passé semblait se dissoudre à chaque caresse délibérée, chaque baiser tendre, et à leur place grandissait un sentiment d'appartenance féroce qui s'enracinait profondément en elle.

— Regarde-moi, dit Ethan, sa voix rauque de passion.

Scarlett obéit, plongeant ses yeux verts dans les siens.

Elle y vit non seulement le reflet de sa propre extase, mais aussi la promesse silencieuse de rédemption.

Ici, dans ses bras, elle trouvait un sanctuaire inattendu contre ses peurs, un répit de la vigilance constante qui était devenue sa vie.

Les mains tremblantes, Ethan déboutonna lentement son chemisier et le laissa tomber au sol. Il fit glisser ses doigts sur sa peau nue, sentant les courbes de ses seins et les pointes durcies de ses mamelons.

Alors que son désir s'intensifiait, il souleva une de ses cuisses, laissant courir ses doigts le long de la dentelle délicate de ses sous-vêtements jusqu'à trouver la source de son humidité.

Avec un gémissement, il glissa un doigt en elle et se délecta de la chaleur et de la moiteur qui l'accueillirent.

Il la souleva d'un mouvement fluide, ses bras musclés la tenant fermement contre lui. Dans un élan de désir, il arracha sa culotte, révélant ses doux cheveux roux à son regard affamé.

Elle enroula ses jambes autour de sa taille, avide d'en avoir plus. D'une main, il baissa son jean et son sexe dur jaillit, la taquinant alors qu'il le frottait contre son sexe humide, la rendant folle de désir.

Les yeux d'Ethan se rivèrent aux siens, irradiant une fureur de passion qui envoya un frisson parcourir son corps.

Scarlett avait l'impression d'incarner leur désir, comme si leur connexion lui donnait vie.

— Je te veux, grogna Ethan, sa voix un écho rauque de ses propres désirs. Il ajusta sa prise, positionnant le gland de son sexe à son entrée.

Le bout de son membre effleura son ouverture, la taquinant avec de douces poussées, glissant entre ses replis, cherchant à pénétrer le jardin secret qui n'appartenait qu'à elle.

Scarlett gémit, ses hanches ondulant en réponse, impatiente de ressentir la plénitude que lui seul pouvait lui apporter. Il titilla ses mamelons entre ses doigts, lui procurant un plaisir intense.

Le souffle de Scarlett se figea, son corps tremblant alors qu'elle sentait l'ampleur de son érection presser contre elle. — Je te veux aussi, murmura-t-elle, sa voix à peine audible par-dessus le bruit de son cœur battant.

Au moment où Ethan la pénétra, le monde de Scarlett explosa en un million d'éclats de plaisir. Son entrée était lente, délibérée, comme s'il savourait chaque centimètre de son corps.

La sensation de le sentir la remplir fit vibrer son corps de besoin, le désir courant dans ses veines comme un feu de forêt.

Finalement, il s'enfonça profondément jusqu'à la remplir complètement. Ses narines se dilatèrent alors qu'il expirait. — Je suis en toi, chuchota-t-il, sa voix chargée d'émotion. Tu es mienne.

Scarlett hocha la tête, ses yeux ne quittant jamais les siens. — Oui, murmura-t-elle, je ne voudrais pas qu'il en soit autrement, et tu es mien aussi, testicules compris.

Sur ces mots, ils bougèrent ensemble, dans un rythme parfait, leurs corps entrelacés dans une danse qu'eux seuls connaissaient. Chaque poussée arrachait un halètement à Scarlett, son corps se resserrant autour de lui, annonçant l'approche de son propre orgasme. Les yeux d'Ethan cherchaient les siens, son propre plaisir montant.

À chaque coup de reins, le rythme d'Ethan s'approfondissait, chaque mouvement les entraînant plus loin dans un royaume d'extase pure. Leurs corps bougeaient à l'unisson, une symphonie de faim et de désir.

Scarlett sentait sa délivrance monter. La tension s'enroulait en elle, aspirant au moment de la libération.

Alors que les yeux d'Ethan se verrouillaient sur les siens, il poussa plus fort, sa prise se resserrant sur ses hanches tandis qu'il s'enfonçait en elle avec une intensité primitive, le seul son étant le claquement de la chair contre la chair, leurs respirations haletantes et les doux gémissements qui s'échappaient de leurs lèvres.

Les yeux de Scarlett plongèrent dans les siens, son expression un mélange puissant d'amour et de luxure. Son corps tremblait, ses parois le serrant étroitement, l'incitant vers le sommet de leur plaisir partagé.

Ses yeux se voilèrent sous l'intensité du moment, son expression un masque dur de désir. Il la martelait, ses mouvements violents mais contrôlés, correspondant au rythme féroce de son cœur.

Alors que l'orgasme de Scarlett approchait, elle s'accrocha fermement à Ethan, ses ongles s'enfonçant dans son dos. Chaque coup la rapprochait, le plaisir montant en crescendo en elle.

Ethan l'observait, sa propre délivrance imminente, ses yeux brillant de l'intensité des émotions qui le traversaient.

Finalement, alors que l'orgasme de Scarlett atteignait

son paroxysme, son corps se tendit, ses parois se resserrant autour d'Ethan dans une douce torture.

Sa délivrance la parcourut, une vague de pur bonheur, ses gémissements emplissant la pièce. Les yeux d'Ethan ne quittèrent jamais les siens, sa propre libération imminente, son corps au bord du précipice.

Alors que son orgasme atteignait son apogée, Ethan s'enfonça profondément, sa propre délivrance se déversant en elle, son corps tremblant.

Ici, elle trouva une trêve à la vigilance incessante qui était devenue le métronome de sa vie ces derniers jours. À chaque pulsation et glissement, Ethan démêlait ses peurs, couche par couche, jusqu'à ce qu'elle soit nue, son esprit libéré, son âme en paix.

Le danger qui marquait sa vie semblait un écho lointain, insignifiant dans le cocon de leur chaleur partagée.

Les yeux de Scarlett s'illuminèrent d'excitation en regardant Ethan, et ils se comprirent tous deux sans dire un mot, ce qui les fit sourire.

Ici, dans l'étreinte d'un homme qui défiait toute notion de sécurité, elle trouva son havre de paix, son cœur battant un rythme triomphant contre le sien.

Après, alors qu'ils étaient allongés enlacés, le crépitement du feu jouait une douce symphonie à leur silence partagé. Scarlett posa sa tête sur la poitrine d'Ethan, écoutant le rythme régulier de son cœur tandis qu'il tenait paresseusement un de ses seins ronds, traçant des cercles autour de son aréole.

Ses bras puissants l'enveloppaient, les cicatrices gravées sur sa peau révélant une vie durement vécue, mais qui lui apparaissaient maintenant comme des badges d'honneur, des marques de survie.

— Est-ce que c'est ça, la paix ? s'interrogea Scarlett à haute voix, sa voix à peine plus haute qu'un murmure, comme si elle avait peur de briser la fragile sérénité.

— La paix... la rédemption... l'amour, répondit Ethan, ses mots empreints d'émerveillement. Ils se ressemblent tous remarquablement en ce moment.

Ils restèrent là, l'homme de la montagne et la fille aux courbes généreuses, l'assassin et la survivante, enveloppés dans un cocon d'émotion nouvelle.

Il n'y avait pas besoin de plus de dialogue ; la connexion entre eux en disait long.

Ils savourèrent l'après-coup, deux opposés qui étaient entrés en collision avec suffisamment de force pour forger un lien aussi durable que les montagnes elles-mêmes.

CHAPITRE-9

*L*es teintes ambrées du crépuscule peignaient le ciel tandis qu'Ethan guidait Scarlett par la main, leurs doigts étroitement entrelacés. Leur descente de la montagne se faisait sans hâte, chaque pas étant une affirmation du lien qui s'était cristallisé entre eux.

Le soleil couchant répandait une lueur dorée sur le terrain accidenté, transformant les montagnes en une toile de pics enflammés et d'ombres.

— Regarde ça, souffla Scarlett, sa voix empreinte d'émerveillement. On dirait que le ciel est en feu.

— Le cadeau d'adieu de la nature pour la journée, répondit Ethan, son regard non pas sur le ciel, mais sur Scarlett, admirant la façon dont la lumière déclinante dansait dans ses cheveux roux.

Ils atteignirent la clairière où la cabane apparut, ses fenêtres illuminées par la promesse accueillante d'un refuge. Côte à côte, ils franchirent le seuil ; la porte se refermant derrière eux avec un léger bruit sourd qui semblait les isoler du reste du monde.

— Ça fait du bien d'être de retour, dit Scarlett en enlevant ses bottes et en étirant ses pieds fatigués.

— Laisse-moi m'en occuper. Ethan s'agenouilla devant elle, ses mains massant doucement ses arches. Son toucher envoya une onde de plaisir le long de ses jambes, et elle retint un gémissement.

— Attention, tu vas me gâter, le taquina-t-elle, sa voix teintée d'une pointe de désir qui couvait entre eux.

— Rien de moins pour ma dame, répondit-il, les coins de ses lèvres s'incurvant en un sourire ardent. Quand il se leva, leurs corps étaient assez proches pour partager leur chaleur, l'air ambiant chargé d'une chimie palpable.

— Ta dame, hein ? Le rire de Scarlett était un mélange de délice et de défi. Ça s'accompagne d'avantages ?

— Plus que tu ne peux l'imaginer, murmura-t-il, se penchant pour que son souffle chatouille son oreille, envoyant des frissons le long de sa colonne vertébrale.

Scarlett leva les yeux vers ses yeux sombres et pensifs, y trouvant une intensité qui l'attirait comme la gravité. L'espace entre eux disparut alors qu'ils se rapprochaient, leurs lèvres se rencontrant dans un baiser brûlant.

Plus tard, ils étaient blottis sous une épaisse couverture douillette, la cabane faiblement éclairée par la douce lueur du feu de cheminée. Scarlett était nichée contre la poitrine d'Ethan, écoutant le rythme régulier de son cœur. C'était un son qui parlait de vie, d'espoir, d'avenirs encore à écrire.

Il caressait ses cheveux, la sensation apaisante et tendre. — Dors maintenant, chuchota-t-il, sa voix un timbre profond qui résonnait en elle. Nous sommes en sécurité ici.

Chacun rêva d'amour et de rédemption avant de s'endormir, les soucis de la journée cédant la place à la paix de la nuit.

Le crépitement du feu s'était réduit à un doux murmure, les braises rougeoyant avec les secrets de la nuit. La respiration de Scarlett était une douce cadence contre la peau d'Ethan, chacune de ses expirations un murmure de la confiance qu'elle plaçait en lui. Il ressentait le poids de sa dépendance aussi sûrement qu'il sentait la chaleur de son corps pressé contre le sien.

— Demain, nous devrons être prudents, murmura Ethan dans l'obscurité, sa voix à peine assez forte pour s'élever au-dessus du bruit du vent à l'extérieur.

— Prudents ? Scarlett leva la tête de sa poitrine, ses yeux verts scrutant son visage, une ombre d'inquiétude assombrissant leurs profondeurs émeraude. Que veux-tu dire ?

— Marcel m'a averti... Ethan s'arrêta, les sourcils froncés. Il ne voulait pas entacher la sérénité de leur cocon avec des discussions sur les dangers qui les attendaient au-delà de ses murs. Mais il devait la protéger ; c'était plus qu'un devoir maintenant - c'était personnel, viscéral.

— Averti ? Ethan, que se passe-t-il ? Scarlett se redressa sur un coude, la courbe de son corps soulignée par la lumière vacillante, la tension marquant ses traits.

Il était temps de dire la vérité. Il avait passé quelques coups de fil à ses contacts et avait rapidement appris le meurtre. L'homme responsable était Carson, un gangster notoire qui trempait dans tout, de la pornographie à la drogue en passant par le trafic d'êtres humains. C'était la pire des ordures et un homme très dangereux. Comment il avait pu s'immiscer dans le monde de Scarlett était un mystère. Un mystère qu'il espérait élucider quand elle serait prête à raconter son histoire.

— Il y a... des complications. Carson Manson n'est pas quelqu'un à sous-estimer. Et bien... Il soupira, réalisant qu'il n'y avait pas de façon facile de dire cela. Ils ne vont pas laisser passer les choses. Pas après ce que tu as vu.

Les lèvres de Scarlett s'entrouvrirent, mais aucun mot n'en sortit. Elle comprenait les enjeux - ils étaient plus élevés que jamais. Ses doigts tracèrent les cicatrices sur ses mains, chacune un signe silencieux de la vie qu'il menait, des batailles qu'il avait livrées.

— Alors nous leur ferons face ensemble, dit-elle enfin, son ton empreint de détermination et d'une pointe d'acier qui correspondait à la résolution dans son regard. Elle savait qu'elle était devenue plus courageuse uniquement parce qu'il était à ses côtés.

— Exactement. Les coins de la bouche d'Ethan se relevèrent, l'admiration pour son courage se mêlant à l'amour naissant qu'il ressentait. Mais ce soir, nous nous avons l'un l'autre. Le combat de demain peut attendre jusqu'à demain.

— Fais-moi l'amour encore, Ethan, chuchota Scarlett, sa voix épaisse de désir, ses mains errant sur le paysage de ses muscles, allumant en lui un feu qui brûlait plus intensément que toute peur ou incertitude.

Elle ne pouvait se rassasier de lui, comme si elle essayait de l'imprimer dans sa mémoire. Ses mains parcoururent son corps jusqu'à rencontrer son sexe déjà durci, prêt pour un autre round.

Juste au cas où.

Leurs lèvres se rencontrèrent à nouveau dans un baiser qui parlait de passion, de promesses et d'un lien qui ne serait pas facilement brisé. Alors qu'ils bougeaient ensemble, le monde extérieur s'estompait jusqu'à ce qu'il ne reste que la chaleur de leurs corps et le battement de leurs cœurs à l'unisson.

Mais même alors qu'ils s'abandonnaient à l'instant, le hurlement du vent semblait porter un avertissement, un rappel que la tranquillité de la nuit n'était qu'un bref répit.

Les montagnes se dressaient silencieusement au loin, leurs ombres ressemblant à des gardes protégeant la cabane, présageant les défis qui viendraient avec le jour suivant.

Et alors que le feu s'éteignait jusqu'à ses dernières braises rougeoyantes, Ethan serra Scarlett plus fort, sachant qu'il était prêt à affronter tous les dangers que l'avenir apporterait. Il avait quelque chose, quelqu'un, qui valait la peine de se battre.

La seule chose qui le motivait le plus était cela.

Scarlett.

CHAPITRE-10

Assis en face d'un collègue assassin, l'air était immobile jusqu'à ce qu'un soupir crépite dans le silence, suivi du bruit d'une allumette qu'on craque et de la faible inspiration d'une cigarette.

Le ton mesuré de Marcel laissait transparaître un soupçon de reproche. — Ethan, tu sais dans quel genre de pétrin tu me demandes de me fourrer ? Ce n'est pas juste une bagarre de ruelle. C'est la cour des grands.

— Alors considère ça comme un service pour un vieil ami, rétorqua Ethan, s'arrêtant près de la fenêtre pour contempler la silhouette menaçante des montagnes, ressentant la vulnérabilité de Scarlett aussi intensément que le froid qui s'infiltrait par la vitre. Elle ne mérite pas cet enfer dans lequel on l'a jetée.

Marcel hocha la tête en réponse. C'était la première fois qu'il voyait son ami aussi émotionnellement impliqué. Il réalisa que Scarlett devait être vraiment spéciale.

— Écoute, je ne te le demanderais pas si ce n'était pas une question de vie ou de mort, insista Ethan, faisant les cent pas devant la cheminée froide, l'éclat d'urgence dans ses yeux sombres reflétant les flammes qu'il n'avait pas encore allumées. Scarlett est... différente.

— Tout le monde est différent jusqu'à ce qu'il ne le soit plus, répliqua Marcel, le son de la fumée exhalée ponctuant son scepticisme. Et ta propre peau ? Tu auras une cible dans le dos de la taille du mont Blanc.

— Marcel, je ne t'ai jamais rien demandé que je ne puisse gérer moi-même, la voix d'Ethan se durcit de détermination alors qu'il se penchait sur le bureau en pin, le grain sous ses paumes le ramenant à la réalité. Mais Scarlett... elle est spéciale. Ce n'est pas juste un autre boulot pour moi.

Marcel observa Ethan d'un regard scrutateur, un regard qui avait disséqué des situations plus complexes que le cœur humain. — Tu joues avec le feu, Raker. Tu le sais, n'est-ce pas ?

— Peut-être, admit Ethan, sa mâchoire se crispant. Mais si la flamme me brûle, qu'il en soit ainsi. Je ne peux pas, et je ne vais pas, rester là à regarder pendant qu'on la jette aux loups.

— Bon sang, Ethan, tu as un faible pour elle. C'est dangereux dans notre métier, grogna Marcel, le bruit d'un briquet qu'on referme signalant son agitation. Mais depuis quand ai-je été capable de te dire non ?

— Depuis jamais, plaisanta Ethan, un sourire en coin effleurant ses lèvres malgré la gravité de la situation. J'ai besoin de ton esprit, Marcel. De tes tactiques. Aide-moi à la garder en sécurité.

Marcel expira profondément, les lignes d'innombrables batailles gravées sur son visage buriné s'adoucissant légèrement. Le silence s'étira entre eux, chargé d'une tension qui en disait long sur leur passé commun et leur fraternité tacite.

— D'accord, disons que je marche, finit par dire Marcel, rompant l'impasse. Tu as besoin d'un plan qui ne fasse pas une goutte d'eau, parce que ces types... ce sont des requins. Ils sentent le sang à des kilomètres.

Ethan acquiesça, l'ombre d'un sourire touchant les coins de sa bouche. — Je savais que tu ne me laisserais pas tomber.

— Tout d'abord, nous aurons besoin d'une planque, une qu'ils ne connaissent pas. Quelque part d'isolé, mais accessible pour nous si les choses tournent mal, suggéra Marcel, tapotant pensivement un stylo contre son menton. Et Scarlett aura besoin d'une nouvelle identité ; ils ne peuvent pas la trouver si elle n'existe pas.

— Considère que c'est fait. Elle est déjà dans mon chalet, répondit Ethan, ses pensées se précipitant vers elle dans son chalet isolé niché dans les montagnes, son isolement étant une forteresse en soi.

— Bien. Ensuite, les lignes de communication. On les garde ouvertes, mais hors réseau. Pas de téléphones portables, pas d'e-mails. Du vieux style mêlé à la nouvelle technologie. J'ai ces nouveaux radios cryptées qui sont pratiquement des signaux fantômes, poursuivit Marcel, passant déjà en mode tactique, ses yeux s'illuminant du frisson du défi.

— Parfait, murmura Ethan, sentant les premiers filaments d'espoir se tisser à travers l'angoisse qui avait pris racine dans sa poitrine.

— Enfin, on pose des pièges. De la désinformation, des

diversions. On leur fait croire que Scarlett est à l'autre bout du pays alors qu'elle est sous notre nez tout le temps, élabora Marcel, son esprit visiblement en train de produire des stratégies comme un joueur d'échecs chevronné calculant ses coups à l'avance.

— Ton esprit retors pourrait bien lui sauver la vie, dit Ethan, une note d'admiration perçant dans sa voix.

— Sa vie et ton cœur d'amoureux transi, rétorqua Marcel, un sourire malicieux s'étalant sur son visage. Bien que je doive dire, cette femme doit être vraiment spéciale pour avoir fissuré la glace autour du cœur d'Ethan Raker.

— Plus que tu ne le crois, marmonna Ethan, ses pensées dérivant vers les yeux verts féroces de Scarlett et la courbe de son sourire qui allumait en lui quelque chose qu'il croyait depuis longtemps éteint.

— Bon, très bien, Marcel frappa dans ses mains, son expression redevenant sérieuse. Mettons-nous au travail. Le temps n'est pas de notre côté, et la chance non plus.

— Depuis quand avons-nous déjà compté sur la chance ? plaisanta Ethan, se levant et tendant sa main par-dessus le bureau.

— Bien vrai, acquiesça Marcel, serrant fermement la main d'Ethan. Nous forgeons notre propre destin.

— Exactement. L'étreinte d'Ethan se resserra un moment, la gratitude et la camaraderie se mêlant dans le geste. Pour Scarlett.

— Pour Scarlett, fit écho Marcel, l'alliance scellée par deux mots qui portaient le poids d'une promesse tacite d'affronter ensemble la tempête à venir.

Ethan dit, sachant pertinemment que son cœur était déjà trop impliqué pour être impartial, et que c'était exactement pour cette raison qu'il avait voulu un avis et un aperçu impartiaux : — Merci, Marcel. Je te revaudrai ça.

— Tu m'en dois une douzaine, mais qui compte ? Un rire narquois de Marcel dénoua la tension dans la poitrine d'Ethan. — Je vais commencer à fouiller dans leurs opérations. Reste discret jusqu'à ce que je te contacte.

— Compris, répondit Ethan, en faisant un salut à deux doigts à son ami.

Alors que la bataille imminente approchait, son poids s'installait lourdement sur leurs épaules. L'innocence de Scarlett apportait des complications dans leur monde, rempli de dangers. Il n'y avait cependant pas de retour en arrière possible, pas quand sa vie était en jeu.

Ethan arpentait la longueur de la pièce faiblement éclairée, ses bottes résonnant doucement sur le plancher usé. Marcel l'observait de derrière le bureau encombré, les bras croisés sur la poitrine.

— Bon, commença Ethan, s'arrêtant au milieu de sa foulée et se tournant vers Marcel. On pourrait y aller en force, mais ce serait jouer leur jeu. Ils s'attendent à une attaque.

— D'accord, répondit Marcel, les yeux plissés de réflexion. Et que dirais-tu de la ruse ? Infiltrer leurs rangs, recueillir des informations. C'est plus lent, mais plus sûr.

— Plus sûr peut-être, mais ça leur donne plus de temps pour planifier. Plus on attend, plus les chances que les choses tournent mal augmentent, rétorqua Ethan, le coin de sa bouche se tordant en un sourire ironique qui n'atteignait pas tout à fait ses yeux. Je n'ai pas envie de la laisser vulnérable aussi longtemps.

— Alors il nous faut un mélange, suggéra Marcel. Une

ruse. Les faire regarder d'un côté pendant qu'on frappe d'un autre.

— Diviser pour mieux régner, acquiesça Ethan, les rouages tournant dans sa tête. Mais ce ne sont pas des amateurs. Leur chef...

— Est arrogant, coupa Marcel. Il se croit intouchable, ce qui signifie qu'il est imprudent. On utilise ça.

— C'est vrai. Ethan s'appuya contre le mur, croisant les bras tout en réfléchissant à l'idée. Mais la sécurité de Scarlett n'est pas négociable.

— Alors on la garde près de nous, peut-être trop près pour son confort, dit Marcel avec un rire qui démentait la tension dans l'air. Laisse cette sirène rousse aux courbes généreuses jouer un rôle. Elle a du cran.

— Plutôt mourir, rétorqua Ethan, ses instincts protecteurs s'enflammant. Elle en a déjà assez bavé.

— Détends-toi, Raker, dit Marcel, sa voix prenant un ton plus doux. J'admire ta volonté de te jeter dans le feu pour elle. C'est rare.

— Tu peux le dire, la voix d'Ethan était rauque, mais l'admiration dans le regard de Marcel ne lui échappa pas. Scarlett vaut tous les risques.

— Alors c'est réglé, conclut Marcel, se levant pour poser une main rassurante sur l'épaule d'Ethan. On la tiendra à l'écart de la ligne de feu. Tu as ma parole.

— Merci, Marcel, dit Ethan, regardant son ami droit dans les yeux. Je ne pourrais pas faire ça sans toi.

— Je n'en ai jamais douté une seconde, mon pote, cligna de l'œil Marcel, le lien tacite entre eux plus fort que jamais. Maintenant, planifions notre prochain mouvement.

— Bien, si nous allons faire ça, le timing est crucial, dit Ethan, ses yeux scrutant le plan improvisé du quartier général de l'organisation criminelle étalé sur la table.

Il pointa plusieurs points d'entrée stratégiques, son doigt traçant des lignes invisibles que seul un esprit tactique pouvait déchiffrer. — On s'infiltre ici et là, de manière synchronisée.

Marcel se pencha sur la table, ses yeux suivant les mouvements d'Ethan avec la précision d'un faucon. — D'accord. Il faudra d'abord désactiver leur système de communication. Couper la tête du serpent de son corps.

— Ça se passera à 22 heures précises demain. Ça nous donne 24 heures pour nous mettre en position. Ethan se redressa, le dos rigide de détermination.

— On n'aura pas plus de 30 minutes, exposa méthodiquement Marcel.

— On ne peut pas se permettre d'erreurs. À l'aube, on devrait regarder le lever du soleil avec Scarlett saine et sauve, ajouta Ethan, sa voix un grondement sourd de détermination.

— Espérons qu'elle appréciera les efforts que tu fais, plaisanta Marcel avec une lueur taquine dans l'œil. Peut-être qu'elle te récompensera avec plus que ses sincères remerciements. Je pense qu'elle t'a peut-être déjà récompensé, dit-il avec un sourire narquois.

— Concentre-toi, Marcel. Ethan ne put réprimer le léger retroussement de ses lèvres alors que son visage rougissait. La pensée de Scarlett, avec ses cheveux de feu et son esprit féroce, lui faisait des choses qu'aucune balle ou lame ne pourrait jamais faire. La survie d'abord.

— Toujours si sérieux. Marcel rit, mais l'admiration teintait son ton.

— Je veux juste en finir, fit écho Ethan, verrouillant son regard avec celui de Marcel. Leurs regards tinrent une conversation silencieuse, remplie d'années de confiance et de compréhension tacite.

— Bien. Je m'occupe de l'équipement, tu gères la logistique. On se retrouve dans douze heures, dit Marcel en rassemblant des papiers, les rangeant en sécurité dans un tiroir qu'il verrouilla ensuite.

— Vingt-quatre heures, confirma Ethan, s'éloignant de la table. Il pouvait déjà sentir l'adrénaline commencer à pomper dans ses veines, le précurseur familier de toute opération à haut risque.

Alors qu'ils se levaient, la pièce bourdonnait de la tension de l'action imminente. Marcel tendit sa main, et Ethan la saisit, une poignée de main de guerrier scellant leur engagement.

— Protège-la, Ethan. Faisons tomber ces salauds. La voix de Marcel était rauque, faisant écho à la promesse dans son regard d'acier.

— Ouais ! répondit Ethan, le poids de sa responsabilité l'ancrant.

Ils se séparèrent, chaque homme une figure solitaire se déplaçant avec détermination à travers la tranquillité ombragée de la cabane de Marcel. Il remercia Marcel une fois de plus et se glissa hors de la cabane sans bruit.

Chaque assassin avait besoin d'une planque, et Marcel

ne faisait pas exception. La vie solitaire que les deux hommes menaient durait depuis leur rencontre il y a environ neuf ans.

La cabane de Marcel se trouvait à environ une heure de la sienne, et il faisait souvent le trajet à pied lorsqu'ils avaient besoin de se rencontrer.

Les deux cabanes, remarquablement similaires dans leur agencement et leur conception, étaient spécifiquement conçues pour répondre aux besoins d'hommes solitaires.

La ressemblance entre les deux allait jusqu'à l'ameublement qui était presque identique. Le fait que ce soit non planifié amusait beaucoup les deux hommes.

Ethan avait proposé de payer Marcel pour son aide, mais son ami avait refusé. C'était personnel, avait-il dit, et non un contrat. De plus, il avait plus que suffisamment d'argent grâce aux missions, bien plus que nécessaire puisque ni l'un ni l'autre n'avait de vie sociale ou de vices.

C'était l'une des raisons pour lesquelles ils étaient devenus amis. La plupart de leurs collègues préféraient dépenser tout l'argent qu'ils gagnaient aussi vite que possible.

Le visage de Scarlett apparut dans l'esprit d'Ethan alors qu'il rentrait, ses yeux verts féroces et inflexibles. Il sentit à nouveau monter en lui cette vague de protection, une force irrésistible.

Pour Scarlett, il déplacerait des montagnes. Aucun danger ne serait trop grand, aucun ennemi trop redoutable.

L'homme de la montagne avait apparemment un cœur aussi vaste que la nature sauvage. Qui l'aurait cru ? Un léger sourire se forma sur ses lèvres et ses pas étaient silencieux tandis que ses yeux surveillaient tout autour de lui.

Sa détermination était aussi puissante que le tonnerre grondant à travers les sommets. Il protégerait Scarlett à tout prix, et il jura que rien ne se dresserait sur son chemin.

CHAPITRE-11

Le sourire de Scarlett brillait dans la cuisine faiblement éclairée, ses yeux verts emplis d'une confiance inébranlable qui dissipait les doutes d'Ethan.

Elle se rapprocha, son regard ne quittant jamais le sien alors qu'elle comblait l'écart entre prudence et désir. Avec une anticipation haletante, elle se pencha vers lui, capturant ses lèvres avec les siennes.

Son sexe est-il un remède à ta peur ?

— Enfin, murmura-t-elle contre sa bouche, ses mots étant l'étincelle qui enflammait l'amadou de leur désir.

Ethan répondit avec une urgence née d'innombrables nuits passées à imaginer ce moment précis.

Ses mains, ces armes affinées pour la mort, tremblaient maintenant dans un but différent alors qu'elles encadraient son visage, guidant le baiser plus profondément. Le goût de Scarlett, doux et enivrant, submergea ses sens, effaçant les frontières entre protecteur et amant, assassin et homme.

— Mon Dieu, Scarlett, gémit-il, se reculant juste assez pour parler, son souffle chaud sur sa peau. Tu me déstabilises complètement.

— Alors perds-toi avec moi, le défia-t-elle, le ton espiègle dans sa voix correspondant à la prise féroce qu'elle avait sur sa chemise.

Leur baiser reprit avec une ferveur renouvelée, tous deux cédant à la tempête d'émotions qui couvait depuis que leurs mondes étaient entrés en collision. C'était un baiser de survie, de promesses silencieuses faites là où les mots ne feraient que trébucher.

La chaleur entre eux monta, une force tangible qui repoussait le froid de la peur et de l'incertitude.

Lorsqu'ils se séparèrent enfin, la poitrine haletante et les lèvres gonflées par leur échange passionné, les bras d'Ethan enveloppèrent Scarlett dans une étreinte puissante.

Il la serra fort contre lui, leurs cœurs battant un duo frénétique qui résonnait à travers la cabane rustique. Elle se blottit dans son étreinte, ses courbes se fondant dans les lignes dures de son corps comme si elles étaient deux parties d'un tout enfin réunies.

— Je ne te laisserai jamais partir, murmura-t-il, sa voix un grondement bas qui vibrait à travers elle.

— Tant mieux, soupira Scarlett, penchant la tête en arrière pour le regarder dans les yeux. Parce que je n'ai pas l'intention d'aller ailleurs.

Le fait était qu'elle ne voulait aller nulle part ailleurs. Alors que ses doigts traçaient les cicatrices qui cartographiaient sa peau, évoquant la vie qu'il avait menée, elle se sentait en paix. Dans le confort de ses bras, ces mêmes cicatrices ressemblaient aux contours d'un chemin la menant chez elle.

Avec une douce insistance, il la guida vers la chambre, chaque pas lourd d'intention. Ils se débarrassèrent de leurs vêtements comme des couches de leurs anciens êtres, révélant la vérité crue de leur besoin l'un de l'autre.

Là, dans la douce lueur du clair de lune qui filtrait par la fenêtre, ils s'unirent avec une ferveur qui transcendait le domaine physique.

Les corps entrelacés, ils bougeaient dans un rythme aussi vieux que le temps, les chuchotements et les gémissements étaient leur seul langage.

Scarlett s'accrochait à lui, ses ongles s'enfonçant dans son dos, s'ancrant dans le présent, à l'homme dont l'âme semblait appeler la sienne. Ethan la vénérait à chaque coup, chaque baiser une promesse de protection, d'éternité.

À la fin, quand le crescendo de leur union atteignit son apogée, ils s'effondrèrent l'un dans l'autre, épuisés et rassasiés. Le monde extérieur, avec tout son danger et son chaos, s'estompa dans l'insignifiance.

Car en cet instant, il n'y avait qu'eux, deux âmes forgées dans les feux de l'adversité, rendues entières par la force de leur connexion sexuelle.

Ethan tira la couverture grossière autour d'eux, l'enveloppant dans ses bras alors qu'ils étaient allongés sur le lit, leur respiration revenant enfin à la normale.

Le feu s'était réduit à des braises, et la tête de Scarlett reposait sur la poitrine d'Ethan, son oreille accordée au rythme régulier de son cœur.

— Tu as peur ? Sa voix était un doux murmure, à peine audible au-dessus du crépitement des flammes mourantes.

— Terrifié, admit-il avec une honnêteté brute qui lui serra la gorge. Sa main traçait des motifs oisifs le long de la courbe de son dos. Pas de ce que je dois faire, mais de l'idée de te perdre.

Elle leva la tête, ses yeux verts scrutant son visage, la férocité qui s'y trouvait démentant la vulnérabilité qu'il ressentait. — Tu ne me perdras pas, Ethan. Je suis là, et je ne vais nulle part. Nous sommes dans cette situation ensemble.

Son pouce effleura sa lèvre inférieure, et il s'émerveilla de la confiance reflétée dans son regard, une confiance qu'il n'était pas sûr de mériter mais pour laquelle il se battrait pour la garder.

— Chaque fois que je te regarde, je vois mon avenir, dit-il, sa voix rauque d'émotion. C'est un avenir que je n'avais même jamais imaginé jusqu'à maintenant.

Elle s'assit, la couverture glissant de ses épaules pour se rassembler autour de sa taille, révélant les contours de son corps dans la faible lumière. Elle se pencha sur lui, ses cheveux cascadant autour de son visage comme un voile ardent.

— Alors promettons-nous quelque chose, dit-elle, ses lèvres se courbant en un sourire qui contenait à la fois du défi et de l'affection. Promettons de nous battre pour cet avenir, peu importe à quel point cela devient dangereux. Je le ressens aussi.

— Marché conclu. La réponse d'Ethan fut immédiate, son propre sourire reflétant le sien. Il captura sa bouche avec la sienne, scellant leur pacte avec un baiser qui parlait de détermination partagée et d'un lien indestructible.

Ils se séparèrent, leurs fronts reposant l'un contre l'autre, leur souffle se mêlant entre eux.

Ethan pouvait sentir le pouls de leur force combinée, l'énergie qui coulait à travers eux deux. C'était une force suffisamment formidable pour affronter toutes les menaces qui se cachaient dans les ombres au-delà des murs de sa cabane.

— Dors un peu, chuchota-t-il, ses lèvres effleurant son front. Nous avons une longue journée devant nous.

— Seulement si tu promets de me tenir comme ça jusqu'au matin, répondit Scarlett, se réinstallant dans son étreinte avec un soupir de contentement.

— Rien ne pourrait m'arracher d'ici, lui assura-t-il, sentant le poids de sa détermination l'ancrer dans cet instant, auprès d'elle.

Lorsqu'ils s'enlacèrent, un sentiment d'espoir s'épanouit en lui, grandissant comme une force féroce et radieuse qui luttait contre les ténèbres.

CHAPITRE-12

Le fauteuil en cuir moelleux gémit sous le poids de Carson Manson lorsqu'il se pencha en avant, ses yeux gris et froids scrutant la pièce faiblement éclairée où les ombres s'accrochaient aux coins comme des conspirateurs.

D'un regard d'acier, il examina les visages devant lui, tous des hommes endurcis qui prospéraient dans les bas-fonds du réseau criminel de la ville. Mais même eux ne pouvaient soutenir le regard de Carson sans un léger frisson d'appréhension.

— Les chiffres sont en baisse, déclara Carson, sa voix un grondement sourd qui exigeait l'attention. C'est inacceptable.

Ses doigts tapotaient sur la surface polie de la table en acajou, chaque coup de son majeur hurlant une déception non verbale.

L'un des associés bougea inconfortablement, la sueur perlant sur son front plissé.

— Les autorités ont intensifié la répression, Carson. Ça rend les affaires difficiles.

— Des excuses, cracha Carson comme du venin.

Il se leva, son costume sur mesure épousant sa silhouette autoritaire.

— Je n'ai pas bâti cette organisation sur des excuses. Je l'ai bâtie sur des résultats.

Le silence qui suivit était lourd de menaces tacites.

— Est-ce que je suis clair ?

— Parfaitement clair, murmurèrent les hommes à l'unisson, leurs voix à peine plus audibles qu'un chuchotement.

— Bien.

Le sourire sinistre de Carson effleura ses lèvres, n'atteignant jamais vraiment ses yeux.

— Maintenant, il y a la question d'Ethan et Scarlett.

Il quitta la pièce et traversa le couloir pour voir son meilleur assassin. Bientôt, il se retrouva dans l'espace austère d'un bureau spartiate où Nikolai Zerenko l'attendait pour recevoir ses instructions. La silhouette élancée de Nikolai était perchée au bord d'une chaise utilitaire, ses traits acérés figés dans une expression d'attention impassible.

— Zerenko, la voix de Carson grésilla à travers le haut-parleur, tu sais pourquoi je suis là.

— Bien sûr, Carson. L'accent russe épais de Nikolai saturait la pièce d'un sentiment de fatalité imminente.

— Ethan et Scarlett. Ils sont devenus... problématiques. Je suis sûr qu'elle lui a tout dit, et tu sais quel genre d'homme est Ethan. Il ne se laissera pas faire.

Carson fit une pause, laissant la menace planer dans l'air.

— Ce serait... gênant, pour ne pas dire mortel.

— Compris. La réponse de Nikolai fut concise, son stoïcisme inébranlable. Ils seront pris en charge.

— Veille à ce que ce soit fait rapidement. Et discrètement, ordonna Carson. Pas de loose ends, Nikolai.

— Bien sûr.

Il n'y avait aucune hésitation dans la voix de Nikolai, aucun signe d'émotion dans ses yeux bleus d'acier. Sa loyauté envers Carson était aussi solide que le rideau de fer qui divisait autrefois sa patrie.

— Fais-moi un rapport quand ce sera terminé.

Avec ce dernier ordre, Carson mit fin à la réunion.

Nikolai se leva, ses mouvements fluides et délibérés. Ethan et Scarlett étaient maintenant des cibles à éliminer, une tâche comme une autre. Derrière ces traits acérés, il y avait une compréhension de la gravité de ce qui allait se dérouler. De toute façon, il détestait Ethan et le tuerait pour rien.

Il avait reçu ses ordres, et il n'y avait pas de retour en arrière possible.

Les doigts d'Ethan dansaient sur le clavier, ses yeux sombres scrutant les multiples écrans devant lui.

Scarlett s'appuyait contre le dossier de sa chaise, sa silhouette généreuse projetant une ombre confortable sur sa forme tendue. Le cliquetis des touches ponctuait le silence de leur salle d'opérations improvisée.

— Okay, on a de nouveaux téléphones jetables et j'ai redirigé notre trafic en ligne habituel à travers une série de proxys, murmura Ethan, le timbre grave de sa voix restant stable malgré l'adrénaline qui coulait dans ses veines.

— Est-ce que ça suffira pour dérouter Nikolai ? demanda Scarlett, son ton empreint à la fois de la peur et de la détermination qui étaient devenues ses compagnes constantes.

— Peut-être, mais on ne peut pas prendre de risques. La voix autoritaire de Marcel venait de derrière eux. Passons en revue l'aspect physique. Vous deux, vous devez changer vos habitudes quotidiennes.

— D'accord, dit Scarlett en roulant des épaules. Ses yeux verts rencontrèrent ceux d'Ethan dans le reflet de l'écran, étincelant de cette intensité familière qui semblait toujours l'attirer. Plus de jogging matinal pour moi.

— Et plus de balades nocturnes pour toi, Raker, ajouta Marcel fermement, mais sans dureté.

— Compris. La réponse d'Ethan fut brève alors qu'il éteignait les moniteurs et se levait, dominant Scarlett de sa taille. Elle pouvait sentir la chaleur irradiant de son corps, cette proximité lui rappelant l'indéniable alchimie qui prospérait au milieu du chaos.

— Routes de détection de surveillance, poursuivit Marcel en sortant une carte. Vous devrez les apprendre. Assurez-vous de ne pas être suivis avant de vous rendre à une destination.

— Comme un jeu du chat et de la souris, plaisanta

Scarlett, essayant de garder l'ambiance légère malgré la gravité de leur situation.

— Sauf que cette souris a des dents, rétorqua Ethan, lui donnant un sourire ironique qui tira quelque chose de profond dans sa poitrine.

Ils passèrent des heures à s'exercer aux contre-mesures décrites par Marcel, chaque mouvement et décision étant crucial pour leur survie. Au fil de la nuit, Ethan observa Scarlett bouger avec une grâce qui démentait sa silhouette voluptueuse, ses cheveux roux formant une bannière enflammée dans l'obscurité.

— Tu commences à bien maîtriser, dit-il avec approbation, après qu'elle eut habilement terminé un exercice de détection de surveillance.

— Grâce à toi, répondit-elle, son regard s'attardant sur ses cicatrices, rappels de la vie qui les avait réunis, deux opposés s'attirant de la manière la plus létale qui soit.

Finalement, ils se retrouvèrent seuls, Marcel étant parti pour la soirée. La tension entre eux était palpable, chargée de la conscience que chaque instant pouvait être le dernier.

— On ne peut pas continuer à fuir éternellement. Je sais qu'on doit l'affronter, murmura Scarlett, brisant le silence.

— Non, en effet, acquiesça-t-il, sa main trouvant la sienne, leurs doigts s'entrelaçant naturellement. On doit mettre fin à tout ça. On va s'en prendre à Carson.

— Une confrontation directe ? C'est... risqué, dit Scarlett, bien que ses yeux brillent d'approbation.

— Tout dans cette histoire est risqué, Scarlett. Mais c'est lui ou nous. Et je ne suis pas prêt à renoncer à ce qu'on a trouvé ici, dit Ethan avec sincérité, soulevant leurs mains entrelacées pour déposer un doux baiser sur ses phalanges.

— Alors on se bat, déclara-t-elle en se rapprochant, les courbes de son corps se pressant contre le sien.

— Demain, on finalise les plans. Ce soir, Ethan fit une pause, comblant l'espace entre eux, ses lèvres effleurant les siennes dans une promesse chargée de passion, on vit.

Leur baiser scella leur résolution d'éliminer la menace que représentait Carson Manson, et de se tailler une chance d'avenir ensemble. À cet instant, l'amour et le danger ne faisaient qu'un, et ils l'embrassaient de tout cœur.

L'air de la nuit était frais sur la peau d'Ethan alors qu'ils étaient assis dans l'obscurité de sa cabane, des cartes et des plans étalés devant eux.

Scarlett se penchait sur la table, sa chevelure rousse cascadant vers l'avant, un rideau de feu dans la faible lumière. Leurs têtes étaient proches, si proches que chaque fois qu'elle parlait, son souffle caressait sa joue.

— Concentre-toi, Ethan, le taquina-t-elle, bien que sa propre voix vacille de désir. On ne peut pas se permettre de distractions.

— Des distractions comme celle-ci ? demanda-t-il, comblant la distance pour tracer du doigt le contour de sa mâchoire.

— Exactement comme ça, murmura-t-elle, inclinant légèrement la tête vers sa caresse, trahissant sa résolution.

— Peut-être juste une distraction, murmura Ethan, se penchant pour que ses lèvres planent juste au-dessus des siennes.

— Fais vite, réussit à dire Scarlett, sa voix épaisse d'anticipation.

Rien chez lui n'était rapide. Ni les baisers, et certainement pas la baise.

Leurs lèvres se rencontrèrent, et le monde se réduisit au goût d'elle, à la sensation de son corps pressé contre le sien. C'était un baiser empli de toute l'urgence de leur situation, un bref répit face aux menaces qui rôdaient à l'extérieur des murs protecteurs de la cabane.

Se reculant à contrecœur, Ethan plongea son regard dans les yeux de Scarlett, y voyant la même décision reflétée. — Bientôt, nous nous battrons pour nos vies, dit-il, son ton solennel mais néanmoins empreint d'une détermination inébranlable.

— Ce soir, on baise, répondit Scarlett avec un rire grivois, ses mains trouvant sa poitrine, ses doigts agrippant le tissu de sa chemise comme pour s'ancrer dans l'instant.

— Ce soir, on baise, répéta-t-il en la soulevant dans ses bras et en se dirigeant vers la chambre.

CHAPITRE-13

*E*than passait ses mains rugueuses sur la vieille carte étalée sur la table en bois, sa cabane le protégeant des dangers extérieurs.

La lumière du soleil filtrait à travers les fenêtres, baignant d'une lueur chaude le bois usé et les livres reliés en cuir qui ornaient l'espace. La cabane sentait le pin et les restes du feu de la veille.

— Marcel, commença Ethan d'une voix basse et posée, nous devons être minutieux. Carson est insaisissable ; si nous laissons ne serait-ce qu'un fil décousu, il s'échappera et disparaîtra.

Marcel se pencha en arrière sur sa chaise, ses cheveux poivre et sel captant la lumière tandis qu'il acquiesçait. — La précision est essentielle. Nous agissons en silence, nous rassemblons ce dont nous avons besoin et nous restons discrets.

La porte grinça et Scarlett entra, sa silhouette voluptueuse se découpant dans la lumière derrière elle.

Elle se déplaçait avec assurance, ses cheveux roux

cascadant sur ses épaules, ses yeux verts perçants et perspicaces alors qu'elle observait la scène devant elle.

— Ça vous dérange si je me joins à cette petite assemblée ? La voix de Scarlett trancha la tension, ses lèvres s'arquant avec une pointe de défi.

— Je t'en prie, dit Marcel en faisant un geste vers un siège vide.

Scarlett se glissa à côté d'Ethan, sa présence indéniablement réconfortante malgré la menace imminente à laquelle ils faisaient face. Elle se pencha en avant, le tissu de son chemisier se tendant légèrement tandis qu'elle examinait les documents éparpillés devant eux.

— Commencez par ses finances, suggéra-t-elle en tapotant un relevé bancaire de son doigt manucuré. Les pistes d'argent peuvent être plus révélatrices que les taches de sang dans notre domaine.

— Les relevés financiers, répéta pensivement Ethan, son regard s'attardant sur elle un peu plus longtemps que nécessaire, admirant la façon dont son intelligence brillait aussi intensément que sa beauté. C'est astucieux.

— Bien sûr que ça l'est. Le sourire de Scarlett était un mélange de fierté et de défi. S'il blanchit de l'argent ou paie des acolytes, ce sera là.

— Regarde-toi, tu penses comme une vraie agent, intervint Marcel, le coin de sa bouche se relevant en signe d'approbation.

— Agent, assistante juridique, fille qui en a assez que des hommes comme Carson marchent sur les gens, rétorqua Scarlett, se penchant en arrière avec un air de bravade décontractée. Appelle-moi comme tu veux, mais je suis dans le coup jusqu'au bout.

Le regard d'Ethan croisa le sien, une reconnaissance silencieuse passant entre eux. Ils formaient une équipe maintenant, liés par un objectif commun et une tension palpable qu'aucun d'eux ne pouvait nier.

Les enjeux étaient élevés, mais la charge électrique qui semblait crépiter chaque fois que Scarlett était proche l'était tout autant. Ils feraient tomber Carson, ensemble, et peut-être, juste peut-être, exploreraient la chaleur qui couvait sous la surface de leur alliance.

Les doigts de Scarlett s'arrêtèrent dans leur danse sur le clavier, son souffle se coupant alors qu'un nom sur l'écran lui renvoyait un regard aussi vif qu'une enseigne au néon dans la pièce faiblement éclairée de la cabane d'Ethan. Elle plissa les yeux, s'assurant que ses yeux ne lui jouaient pas des tours.

— Les gars, la voix de Scarlett n'était qu'un murmure, mais elle trancha le silence comme un couteau. J'ai trouvé quelque chose.

Ethan leva les yeux de l'éventail de papiers, son attention se portant instantanément sur elle.

Il s'approcha, l'espace entre eux chargé d'une connexion tacite qui vibrait à chacun de ses pas. Marcel suivit, bien que sa présence ressemblât davantage à une ombre comparée à l'énergie tangible qu'Ethan dégageait.

— Dis-nous, Scarlett, la pressa Ethan, son regard intense, rivé sur le sien.

D'un geste, elle dirigea l'attention de tous vers l'écran, révélant le réseau complexe de transactions financières qui reliait les comptes de Carson à ceux d'un juge éminent.

— Ce juge reçoit régulièrement des « dons » d'une association caritative connue pour être l'une des façades de Carson, expliqua-t-elle, ses yeux ne quittant jamais l'écran.

— Bon sang, marmonna Marcel, se penchant par-dessus son épaule pour mieux voir. C'est notre preuve irréfutable. Carson graisse la patte à la magistrature.

— On dirait qu'il s'achète un casier judiciaire vierge. Ça pourrait expliquer pourquoi il travaillait avec ton patron. Peut-être qu'il ne voulait pas accepter un refus, dit Ethan, sa voix chargée d'indignation.

La proximité de son corps envoya un frisson le long de la colonne vertébrale de Scarlett, sa chaleur presque trop intense dans la fraîcheur de la cabane.

— Exactement, confirma Scarlett, se tournant légèrement pour leur faire face, le frôlement de son bras contre celui d'Ethan lui envoyant une décharge de conscience. Si nous pouvons prouver ce lien, nous pourrons défaire son emprise sur le système judiciaire.

— Brillant travail, Scarlett, la félicita Ethan, et la chaleur dans ses yeux fit battre son cœur pour des raisons allant au-delà de l'adrénaline de leur mission.

— Merci, répondit-elle, sentant une rougeur monter à ses joues. Mais nous avons besoin de plus que des preuves. Nous devons faire briller une lumière si vive que Carson ne pourra pas se faufiler dans l'ombre.

— Hmm, comment proposes-tu que nous fassions ça ?

demanda Marcel, toujours sceptique, les bras croisés sur sa poitrine.

Une étincelle s'alluma dans les yeux verts et déterminés de Scarlett. — On rend l'affaire publique. Je connais une journaliste, Mara Jennings. Elle enquête sur la corruption dans la ville depuis des années. Si quelqu'un peut nous aider à tout révéler au grand jour, c'est elle.

Le silence tomba sur la cabane tandis que Marcel et Ethan échangeaient un regard, indéchiffrable pour Scarlett mais chargé de communication tacite. Ils ne dirent rien, mais Scarlett n'avait pas besoin de mots pour sentir la gravité de ce qu'elle proposait.

— Impliquer la presse est risqué, finit par dire Marcel, d'un ton prudent.

— Les risques font partie du métier, rétorqua Scarlett, sa détermination se renforçant. Et puis, parfois, la seule façon d'abattre des monstres comme Carson est de les traîner à la lumière.

— Peut-être, murmura Ethan, ses yeux sombres pensifs.

— Laisse-moi contacter Mara, suggéra Scarlett, anticipant déjà le frisson de la traque. Il est temps que Carson apprenne qu'il n'est pas intouchable.

— Discutons-en davantage, dit Ethan, mais son regard s'attarda sur elle, mêlant admiration et quelque chose de plus profond, de plus brut.

— D'accord, acquiesça Scarlett, son pouls s'accélérant à la perspective du défi à venir et du territoire inexploré qui s'étendait entre elle et Ethan.

Ethan se leva de la chaise en bois usée, ses mouvements délibérés, un signal silencieux que la réunion était terminée. La lumière vacillante du feu de cheminée projetait des ombres sur ses traits marqués, ajoutant à la gravité du moment.

— Merci, Scarlett, dit-il, sa voix basse et maîtrisée. Ton travail est inestimable. Je dois m'occuper de quelques choses maintenant.

Les yeux de Scarlett s'attardèrent sur les siens, cherchant quelque chose de plus que les mots qu'il offrait, une étincelle s'allumant dans leurs profondeurs. — Bien sûr, Ethan. Fais-moi savoir comment je peux aider.

Il se détourna de son regard pénétrant, sentant l'attraction de sa présence comme un contact physique. En s'approchant de Marcel, leurs yeux se croisèrent, communiquant sans mots comme seuls deux hommes ayant dansé avec la mort pouvaient le comprendre.

— Marcel, murmura Ethan, juste assez fort pour qu'il l'entende, nous devons éliminer Carson. Directement.

L'expression de Marcel se durcit, les rides autour de ses yeux se creusant. — Au diable le système judiciaire, acquiesça-t-il, la voix à peine plus haute qu'un murmure.

Ils restèrent là, deux prédateurs prêts à frapper, ne disant rien de leurs intentions meurtrières à Scarlett. Elle les observait, son intuition percevant le changement d'atmosphère, mais elle resta silencieuse, respectant la frontière tacite.

— Bonne nuit, Scarlett, dit Ethan, lui offrant un signe de tête. Leurs mains se frôlèrent fugitivement alors qu'elle passait devant lui, une décharge électrique parcourant ce bref contact, laissant la promesse de ce qui pourrait être exploré dans d'autres circonstances. Cela n'avait pas échappé à Marcel.

— Bonne nuit, répondit-elle, sa voix stable malgré le frisson dans sa poitrine.

Dès que la porte se referma derrière elle, Ethan ressentit immédiatement le poids immense de la décision qu'il avait prise, le clouant sur place.

Son esprit s'emballait avec des plans et des éventualités, le chasseur en lui s'éveillant pleinement.

— Tu es sûr de ça ? demanda Marcel, interrompant ses pensées.

Quelle douce âme innocente qui croyait encore que le système judiciaire était efficace. Des gens comme Carson ne payaient jamais pour leurs péchés. Ils se cachaient derrière l'argent et les grands avocats. Ils avaient suivi sa ligne de pensée, mais c'était la dernière chose à laquelle ils pensaient.

— Plus que jamais, répondit Ethan, la mâchoire serrée. La danse avec la moralité et la mortalité était une qu'il connaissait bien, mais ce soir, c'était personnel.

Carson avait franchi une ligne, et il n'y aurait pas de tribunal pour rendre justice.

Seulement le jugement rapide et irréversible qui viendrait au bout du pistolet d'Ethan.

— Alors mettons-nous au travail, dit Marcel, une détermination d'acier dans sa voix qui faisait écho à celle d'Ethan.

Alors que Marcel partait se préparer, Ethan resta seul, le silence de la cabane l'enveloppant comme une cape.

Ses parents l'avaient élevé correctement. Ils lui avaient inculqué les valeurs du travail acharné, de l'intégrité et de la loyauté.

Ils avaient été des gens qui croyaient aux secondes chances, qui lui avaient toujours enseigné que tout le monde méritait une chance de rédemption.

Il se souvenait de la chaleur de leur foyer, du son du rire de sa mère, et de la main ferme de son père le guidant à travers les complexités de la vie. Ils lui avaient tout donné : amour, soutien et une forte boussole morale.

Mais cette boussole s'était brisée la nuit où ses parents avaient été brutalement assassinés.

Il pouvait encore sentir le froid de cette nuit-là, la façon dont il l'avait transpercé, le laissant engourdi et vide. Leurs morts avaient été insensées, violentes, un acte de cruauté qui n'avait aucun sens dans le monde auquel ils avaient cru.

La police avait parlé d'une attaque aléatoire, mais il savait que c'était faux. C'était ciblé, délibéré. Et personne n'avait été là pour l'aider. Personne n'avait apaisé la douleur et ne lui avait montré comment continuer.

Dans le vide de leur perte, quelque chose en lui avait changé. Les leçons qu'ils lui avaient enseignées, la bonté qu'ils avaient essayé de cultiver en lui, s'étaient assombries face à une violence si crue et sans réponse.

Sans personne pour prendre soin de lui, sans famille vers qui se tourner, son chagrin avait dégénéré en quelque chose de tranchant. Il avait embrassé le monde du danger, du meurtre, parce que c'était la seule chose qui avait encore un sens.

C'était la seule chose qui semblait juste. Prendre des missions où les méchants, les vraiment mauvais, étaient éliminés. Il se convainquait que c'était la justice, que ses parents comprendraient, mais au fond de lui, il savait qu'ils ne comprendraient pas.

Sa descente dans le monde des assassins n'était pas seulement une question de vengeance. Il s'agissait de combler le vide laissé par leur meurtre, d'engourdir la douleur par la violence parce que rien d'autre ne fonctionnait.

Alors qu'il se tenait maintenant, au bord de la vie qu'il avait choisie, il pensait à eux - ses parents, et aux leçons qu'ils avaient essayé de lui inculquer.

Il se demandait ce qu'ils penseraient de l'homme qu'il était devenu, un homme forgé à la fois par l'amour et le danger, quelqu'un qui croyait en la justice mais comprenait que parfois la justice exigeait de sortir du cadre de la loi.

Sa voie avait dévié loin de ce qu'ils avaient envisagé, mais leur présence demeurait dans son esprit, un rappel que même dans les recoins les plus sombres du monde, il y avait encore des règles auxquelles il obéissait, des règles qu'ils lui avaient enseignées il y a bien longtemps.

Son reflet le fixait depuis la vitre, une image fantomatique superposée à l'obscurité extérieure. Il n'y avait plus de retour en arrière possible maintenant.

Son cœur s'accéléra à la pensée de ce qui l'attendait et des risques que cela comportait.

— Demain, murmura-t-il pour lui-même, le mot devenant un serment. Demain, le règne de terreur de Carson prendrait fin. Et peut-être, une fois la poussière retombée, pourrait-il explorer davantage cette chaleur qui couvait sous la surface chaque fois que Scarlett était proche.

Pour l'instant, cependant, il avait une mission à accomplir. Et tandis que la lune montait plus haut dans le ciel nocturne, Ethan Raker sentit un sentiment d'anticipation grandir en lui, aiguisant sa concentration, enflammant sa volonté.

Sa décision était prise.

CHAPITRE-14

Ethan sortit de son chalet, le froid mordant de l'air montagnard lui piquant la peau alors qu'il se dirigeait vers la pile de bois qu'il avait coupé plus tôt.

Les étoiles au-dessus scintillaient comme des éclats de verre dans le ciel velouté, et la forêt autour de lui était calme, trop calme.

Ce silence était inquiétant, mais il l'attribuait à la tension qu'il ressentait depuis le départ de Marcel.

Ils avaient méticuleusement élaboré le plan : se rencontrer au quartier général de Carson, éliminer le gangster et ses hommes, et mettre fin à ce cauchemar une bonne fois pour toutes. Simple. Cependant, rien dans cette situation n'avait été simple, et Ethan avait depuis longtemps appris à s'attendre à l'inattendu.

Sa main effleura instinctivement la crosse du pistolet à sa hanche. Il n'allait nulle part sans, une habitude qui lui avait sauvé la vie plus d'une fois.

Alors qu'il se penchait pour ramasser quelques bûches, quelque chose attira son attention — un mouvement furtif dans les ombres. Son corps se tendit et ses sens s'aiguisèrent. Il se redressa lentement, les yeux scrutant la lisière des arbres. Un craquement de feuilles à peine perceptible et un déplacement dans l'obscurité.

Puis ils sortirent à découvert. Carson émergea en premier, sa silhouette se détachant au clair de lune. Derrière lui, Nikolai suivait, le visage tordu en un rictus. Le pouls d'Ethan s'accéléra.

Alors ils étaient finalement venus pour lui. L'élément de surprise, avec sa capacité à prendre les gens au dépourvu et à les maintenir dans l'incertitude, ajoutait un élément excitant et plein de suspense à la situation.

Il n'était pas surpris. Carson avait la réputation de flairer les problèmes et de les éliminer avec une efficacité brutale. C'était un homme habitué à obtenir ce qu'il voulait, son pouvoir et sa richesse lui permettant de graisser toutes les bonnes pattes pour découvrir des secrets, et Ethan n'était de toute façon pas un secret. Ses chemins avaient croisé ceux de certains de ses hommes de main au fil des années.

— Eh bien, eh bien, traîna Carson, sa voix basse et menaçante, on dirait qu'on n'a pas eu à aller bien loin finalement. Tu pensais pouvoir me surpasser, hein ? Tu croyais que toi et ton petit copain pouviez simplement débarquer et me faire tomber ?

La mâchoire d'Ethan se crispa, mais il ne répondit pas. Sa main planait près de son arme, son esprit calculant. Nikolai se tenait à quelques pas derrière Carson, sa masse comme une ombre de la mort planant, sa main reposant sur le manche d'un couteau attaché à sa ceinture.

Deux hommes, tous deux dangereux, mais ils l'avaient sous-estimé.

— Toujours avec les types silencieux, tu aurais dû travailler pour moi, ricana Carson, sortant un cigare de la poche de son manteau et l'allumant avec une lenteur délibérée. Tu as toujours été un enfoiré prétentieux, toujours à penser que tu étais meilleur que n'importe qui d'autre.

Les yeux d'Ethan se tournèrent vers Nikolai, qui bougea, prêt à frapper, mais les doigts d'Ethan étaient déjà sur son arme.

À l'instant où Carson exhala un nuage de fumée, Ethan dégaina son arme, le clic métallique tranchant la nuit.

Nikolai bondit le premier, sortant son couteau, mais Ethan fut plus rapide.

Parlez d'amener un couteau à une fusillade.

Un seul coup de feu retentit dans l'air, précis et contrôlé. La balle traversa la poitrine de Nikolai, son corps sursautant sous l'impact.

Il s'effondra au sol, agrippant sa blessure, haletant alors que le sang s'accumulait sous lui. Ses yeux s'écarquillèrent de choc, puis s'assombrirent tandis que son dernier souffle le quittait.

L'odeur de la poudre se mêla à celle des pins tandis qu'Ethan pivotait, son attention maintenant entièrement focalisée sur Carson. Le patron de la mafia n'avait pas bronché.

Il se tenait là, son cigare toujours serré entre ses dents, regardant la vie quitter Nikolai avec une indifférence désinvolte qui fit frissonner Ethan.

— C'est une façon de se débarrasser d'un chien,

marmonna Carson, tirant lentement sur son cigare. Mais moi ? Je ne suis pas si facile.

Carson bougea alors, sortant une arme de son manteau avec une rapidité de serpent. Il tira un coup ; la balle sifflant près de l'épaule d'Ethan, le manquant de quelques centimètres.

Ethan plongea derrière un arbre, son cœur battant la chamade mais son esprit clair.

Ce n'était plus un combat. C'était une question de survie. Carson n'était pas n'importe quel adversaire ; il était impitoyable, l'homme qui prenait son temps pour tuer. Ethan savait que s'il ne finissait pas ça rapidement, le salaud rendrait sa mort lente.

D'un mouvement rapide et fluide, Ethan roula hors de derrière l'arbre, tirant deux coups en succession rapide. L'un érafla le bras de Carson, lui arrachant un sifflement de douleur.

L'autre atteignit sa cible, s'enfonçant dans la jambe de Carson. Dans un élan de rage, le patron de la mafia vacilla et tomba sur un genou, le visage tordu. Le cigare tomba de ses lèvres, oublié dans la poussière.

— Espèce de fils de..., cracha Carson, le sang suintant de la blessure à sa cuisse.

Mais Ethan n'avait pas fini. Il avança, son arme fermement pointée sur Carson alors que le patron de la mafia luttait pour se lever.

À chaque respiration laborieuse, l'arrogance de Carson s'effritait. Disparu le gangster narquois qui contrôlait des empires depuis l'ombre. À sa place se trouvait un homme qui avait finalement réalisé qu'il regardait la mort en face.

Ethan marchait lentement, chaque pas délibéré, ses yeux verrouillés sur ceux de Carson.

Il ne le laisserait pas mourir rapidement. Pas après tout ce que Carson avait fait, pas après les vies qu'il avait détruites, les gens qu'il avait tués. Le patron de Scarlett, pour n'en citer qu'un. Carson méritait de ressentir chaque once de douleur qu'il avait jamais infligée aux autres.

— Tu penses que tu vaux mieux que moi ? haleta Carson, essayant de lever à nouveau son arme. Sa main tremblait violemment, le sang coulant de sa jambe. Tu n'es qu'un autre tueur. Juste comme moi.

Ethan ne répondit pas. D'un coup sec de sa botte, il fit voler l'arme hors de la main de Carson, l'envoyant valser dans la poussière. Carson leva les yeux vers lui, le visage blême, la peur s'infiltrant pour la première fois dans son regard.

Ethan s'accroupit à côté de lui, pressant le canon de son arme contre la poitrine de Carson, juste au-dessus de son cœur. La respiration du gangster devint superficielle, son souffle s'évaporant face à la mort certaine.

— Tu te trompes, dit Ethan doucement, sa voix aussi froide que le vent de la montagne. Je ne suis en rien comme toi.

Il appuya sur la détente.

Le coup de feu résonna à travers les arbres, fort et définitif. Carson hoqueta, son corps se convulsant tandis que la balle le traversait, une expression d'incrédulité figée sur son visage.

Le sang suintait de la blessure, et il s'effondra sur le sol de la forêt, sa vie s'échappant à chaque seconde d'agonie.

Ethan se leva, regardant l'homme qui avait causé tant

de souffrance. Les respirations de Carson étaient superficielles, saccadées, puis finalement, elles cessèrent.

Le jadis puissant chef de la mafia n'était plus qu'un tas sans vie dans la poussière, son empire s'écroulant avec lui.

Pendant un long moment, Ethan resta là, la nuit se refermant autour de lui. Le seul bruit était le doux bruissement des arbres et le cri lointain d'un oiseau nocturne. Le combat était terminé. Du moins celui-ci.

Sans un autre regard pour le corps de Carson, Ethan se retourna et marcha vers sa cabane, son arme encore chaude dans sa main, mais pas avant d'avoir passé un appel à Marcel.

CHAPITRE-15

*E*than se tenait à la lisière de la clairière, le vent transportant l'odeur fraîche des pins dans l'air. Ses yeux suivaient les contours des sommets lointains des montagnes, majestueux et intacts, s'élevant haut dans le ciel pâle du matin.

Le sol sous ses pieds était brut, fraîchement débarrassé des broussailles et des débris, et sentait encore la terre. Bientôt, cette parcelle de terrain abriterait quelque chose de nouveau, quelque chose d'intact, épargné par le bain de sang et la violence qui avaient entaché son passé.

Derrière lui, Marcel finissait de nouer la dernière corde sur la bâche couvrant l'arrière de son camion, les corps de Carson et Nikolai soigneusement dissimulés en dessous.

La nuit avait été longue. Ensemble, ils avaient fait disparaître les deux hommes, le poids de leurs péchés enterré profondément dans la forêt. Les mains d'Ethan ressentaient encore la morsure résiduelle de la pelle métallique froide. Ses muscles lui faisaient mal à cause de l'effort, mais la tâche était accomplie. Enfin, c'était terminé.

Il se tourna vers Marcel, qui se tenait à côté de lui, tous deux contemplant la nouvelle terre. C'était beau ici, paisible, l'endroit où Ethan avait toujours imaginé construire une vie, libre du chaos qui l'avait hanté pendant trop longtemps.

— Je comprends pourquoi tu le ferais, mais tu es sûr ? demanda Marcel, d'une voix ferme mais prudente. Quitter la cabane, c'est un grand pas.

Ethan hocha la tête, bien que la décision n'ait pas été facile à prendre, mais il y réfléchissait depuis qu'il avait posé les yeux sur Scarlett pour la première fois.

La cabane dans laquelle il vivait, nichée plus profondément dans les bois, avait été son refuge. Elle lui avait offert la solitude dont il avait le plus besoin, un endroit pour se cacher du monde et des démons qui l'accompagnaient.

Après tout ce qui s'était passé, le bain de sang, la violence qui s'y étaient déroulés, elle semblait souillée, hantée par des souvenirs qu'il ne pourrait jamais effacer, et il ne voulait pas que Scarlett y soit exposée. La cabane s'était transformée en quelque chose de plus qu'une simple structure. C'était devenu un tombeau.

— Je ne peux pas rester là-bas, dit doucement Ethan, sa voix chargée de conviction. Pas après tout ce qui s'est passé. J'ai besoin d'un nouveau départ. Nous en avons besoin tous les deux.

Il pensa au visage de Scarlett, à la peur dans ses yeux

qui avait lentement cédé la place à la confiance, et à quelque chose de plus profond. Elle avait traversé l'enfer en si peu de temps, mais elle avait survécu.

Ils avaient une chance de vivre quelque chose de vrai. Il ne voulait plus simplement survivre. Il voulait vivre. Vivre avec elle.

— Tu sais, elle ne s'attendra pas à ça, dit Marcel, esquissant un petit sourire. Une toute nouvelle cabane, un nouveau départ... C'est un sacré geste.

Les lèvres d'Ethan s'étirèrent en un sourire. — Elle le mérite, dit-il simplement. Il pouvait l'imaginer dans son esprit : le visage de Scarlett s'illuminant lorsqu'elle verrait le nouvel endroit, ses yeux brillant du même espoir qu'il sentait s'éveiller en lui. Pour la première fois depuis longtemps, il pouvait envisager un avenir avec elle, un avenir fondé sur plus que la simple survie.

Un nouvel endroit, cette nouvelle cabane le serait. Ce serait un foyer où ils vivraient de nouvelles expériences ensemble.

La décision de laisser son ancienne vie derrière lui s'était concrétisée dans les heures qui avaient suivi l'affrontement avec Carson. Alors qu'ils se débarrassaient des corps, Ethan avait réalisé que la cabane qu'il avait construite dans l'isolement n'était plus le refuge qu'il avait cru.

Elle était devenue un rappel de tout ce qu'il voulait oublier, la violence, le sang, la peur qui avait assombri chaque instant depuis le jour où il avait croisé le chemin de Scarlett.

Il était impossible que cela ne fasse que quelques jours,

et pourtant, d'une certaine manière, cela semblait durer une éternité à cause de sa peur et de sa peur pour elle.

Non, ils avaient besoin de quelque chose de nouveau. Une page blanche. Un endroit où ils pourraient recommencer. Ensemble.

CHAPITRE-16

Le crépitement du feu ponctuait le silence tandis qu'Ethan craquait une allumette, la flamme prenant avidement sur le petit bois. Les ombres dansaient sur les murs de la cabane tandis qu'il attisait le brasier, ses mouvements précis et méthodiques. Une fois satisfait du foyer vacillant, il se retourna vers Scarlett, ses yeux sombres captant la lumière dorée.

— Viens t'asseoir ici, murmura-t-il en désignant l'espace à côté de lui sur le vieux canapé en cuir.

Scarlett s'avança avec précaution, sa silhouette voluptueuse trouvant du réconfort dans les coussins. Elle se percha sur le bord, témoignage inconscient de la tension qui la traversait. La chaleur du feu était apaisante, mais elle ne faisait rien pour atténuer le frisson d'appréhension qui lui parcourait l'échine tandis qu'elle attendait qu'il parle.

Ethan la regarda s'installer, percevant sa méfiance. Ses larges épaules se détendirent légèrement alors qu'il s'adossait, les bras étendus sur le dossier, une invitation silencieuse à se rapprocher. Il prit une profonde inspiration, l'air chargé de l'odeur du pin brûlé et de quelque chose d'autre — quelque chose qui sentait l'honnêteté.

— Je me suis occupé de lui, Scarlett, dit enfin Ethan, d'une voix basse et égale.

— Occupé de... ? La confusion assombrit ses traits un instant avant que la compréhension ne se fasse jour. — Tu veux dire..., mais comment ? Quand ?

Il hocha la tête une fois, le pli sévère de sa mâchoire en disait plus que les mots ne l'auraient pu. — Il ne sera plus un problème. Ni pour nous, ni pour personne d'autre.

Le souffle de Scarlett se bloqua, son cœur tonnant contre ses côtes. Le choc la traversa, mais en dessous courait un courant de soulagement si puissant qu'il lui amena presque les larmes aux yeux. C'était fini.

L'homme qui avait été une menace constante, une ombre planant sur leurs vies, avait disparu. Et c'était grâce à Ethan — à cause de ce qu'il était, de ce qu'il faisait.

— D'accord, chuchota-t-elle, ce simple mot étant à la fois une concession et une absolution. Elle ne savait pas comment se sentir à ce sujet, mais elle savait qu'Ethan avait fait ce qu'il croyait juste. Et malgré la violence de son monde, elle lui faisait confiance.

Dans la lumière vacillante, ils se tournèrent l'un vers l'autre, leurs genoux se frôlant presque. Ethan vit le tumulte dans ses yeux verts ; il reconnut la tempête car elle reflétait la sienne.

— Dis-moi ce qui te fait peur, l'encouragea-t-il doucement, brisant le silence qui s'était installé entre eux.

— Tout, avoua Scarlett, son rire cassant. J'ai peur de retourner à une vie où je regarde toujours par-dessus mon épaule. Peur de me réveiller et de découvrir que tout cela n'a été qu'un rêve.

— Moi aussi. L'aveu d'Ethan resta en suspens. Mais j'ai aussi peur de ne jamais trouver la paix, que le sang sur mes mains ne souille tout ce que je touche.

— Ce ne sera pas le cas, dit Scarlett en tendant la main, ses doigts effleurant ses phalanges marquées. Tes mains ne sont peut-être pas propres, mais ton cœur l'est. Tu te bats pour la justice d'une manière dont personne d'autre n'est capable.

Leurs regards se croisèrent, une conversation silencieuse passant entre eux. C'était une reconnaissance de la douleur partagée, de blessures profondes, mais aussi d'un lien qui guérissait lentement ces mêmes blessures.

— Dis-moi quelque chose que tu espères, alors, le défia doucement Scarlett, se penchant plus près de la chaleur de son corps.

— J'espère un jour où je n'aurai plus à être celui qui tient le couteau, confia Ethan, sa voix à peine plus haute qu'un murmure. J'espère des matins où je me réveillerai sans le poids des péchés d'hier. Et j'espère... Il hésita, scrutant son visage. J'espère plus de moments comme celui-ci — avec toi.

Totalement d'accord, elle lui adressa un timide sourire qui miroitait dans la chaude lueur du feu, soulignant sa conviction que davantage de moments comme celui-ci seraient tout simplement idéaux.

— Alors faisons une promesse, ici et maintenant, suggéra Ethan, sa main enveloppant la sienne. De poursuivre ces espoirs ensemble, d'affronter nos peurs côte à côte.

— Marché conclu, dit Scarlett, sa voix plus assurée qu'elle ne se sentait. Mais en regardant dans les yeux d'Ethan, elle trouva un courage qu'elle ne se connaissait pas et un courage né non seulement de la survie, mais de l'amour.

CHAPITRE-17

Trois mois s'étaient écoulés depuis cette nuit fatidique. Ethan, pour le bien de Scarlett, ne lui avait pas révélé l'endroit exact de la tentative d'embuscade de Carson. Le fait que cela s'était passé sur sa propriété. Il n'y avait aucune raison de le faire, alors il avait un peu enjolivé les détails.

Les dernières braises dans l'âtre se consumaient, projetant une faible lueur qui reflétait la paix tranquille gravée sur les visages d'Ethan et de Scarlett.

Le crépitement du feu mourant était une berceuse qui murmurait à travers la cabane tandis qu'ils gisaient enlacés, leurs cœurs battant à l'unisson avec le rythme serein de la nuit. Les doigts d'Ethan traçaient des motifs oisifs le long de la colonne vertébrale de Scarlett.

— Demain n'est qu'une ombre, murmura Ethan, sa voix basse et apaisante contre son oreille.

— Qu'elle vienne, répondit Scarlett, son souffle chaud contre sa poitrine. Tant que tu es là, je peux affronter n'importe quelle ombre.

Leurs paupières se fermèrent comme des rideaux à la fin d'un spectacle, et le sommeil les réclama doucement, les enveloppant dans une couverture partagée de contentement.

L'aube se faufila dans la cabane tandis que la lumière du soleil dansait à travers les fenêtres. La lumière jouait sur leurs formes immobiles, réveillant Ethan en premier.

Il cligna des yeux contre la douce luminosité, son regard se posant sur le visage de Scarlett, détendu dans le sommeil. Un sourire courba ses lèvres alors qu'il l'observait, les échos de la passion de la nuit vibrant dans ses veines comme une mélodie persistante.

— Bonjour, ma belle, chuchota-t-il, écartant une mèche de cheveux roux égarée de son front.

Les yeux de Scarlett s'ouvrirent doucement, rencontrant les siens avec un sourire endormi mais radieux.

— C'est comme ça que se sent chaque matin avec toi ? demanda-t-elle, sa voix épaisse de sommeil et teintée d'émerveillement.

— Seulement si tu le veux, promit-il, la chimie sexuelle entre eux se rallumant avec la simplicité de ses mots.

Ils se levèrent langoureusement, leurs corps encore enlacés un moment de plus, avant que l'appel de la journée ne les sépare. Ethan raviva le feu pendant que Scarlett préparait un petit-déjeuner d'œufs et de pain frais. Le grésillement de la poêle était une mélodie familière sur fond de calme montagnard.

— Je parie que tu ne peux pas retourner cet œuf sans le casser, la taquina Ethan, appuyé contre le comptoir en bois, ses yeux ne la quittant jamais.

— Regarde-moi faire, rétorqua Scarlett avec un sourire, acceptant le défi. Elle fit habilement un mouvement du poignet, envoyant l'œuf dans les airs. Il atterrit de nouveau dans la poêle, intact.

— Bon sang, tu es pleine de surprises, dit-il, impressionné.

— Tu devrais avoir appris maintenant, Raker. Je ne suis pas une demoiselle en détresse, répliqua-t-elle, servant leur simple repas avec panache.

Ils mangèrent dans un silence complice, ponctué de regards qui en disaient long et d'effleurements occasionnels sous la table. La tâche banale de partager un repas devint une danse intime remplie de promesses tacites et de la simple joie d'être ensemble.

— La vie ne peut pas être meilleure que ça, non ? médita Scarlett entre deux bouchées, son cœur gonflé d'émotions qu'elle pensait autrefois ne plus jamais ressentir.

— Ça ne fait que s'améliorer à partir d'ici, l'assura Ethan, sa main trouvant la sienne, leurs doigts s'entrelaçant aussi naturellement que leurs vies s'étaient enchevêtrées.

Ils terminèrent le petit-déjeuner, leurs rires et leurs taquineries ludiques remplissant l'espace où le silence régnait autrefois. L'un dans l'autre, ils avaient trouvé non seulement une âme sœur, mais la promesse d'un amour capable de résister à toutes les tempêtes. Le ventre plein et le cœur encore plus rempli, Ethan et Scarlett affrontèrent la journée, sachant que quoi qu'il arrive, ils le surmonteraient ensemble.

Il se remémora sa trouvaille. Discrètement, Ethan, avec l'aide de Marcel, avait cherché un terrain qu'il pourrait acheter pour leur nouvelle vie. Il avait finalement trouvé un endroit avec vue sur les montagnes, une rivière traversant la vallée en contrebas.

C'était parfait. Assez loin de l'ancienne cabane pour avoir l'impression d'être dans un monde différent, mais suffisamment proche pour qu'ils ne soient pas trop isolés. Il pouvait encore ressentir la sécurité des montagnes autour de lui, la quiétude du terrain, mais sans l'obscurité qui s'accrochait à l'ancien endroit.

La cabane était presque terminée à son goût. Il avait engagé une petite équipe, tous des locaux qui ne posaient pas trop de questions. Ils avaient travaillé rapidement, sachant qu'Ethan voulait que ce soit prêt avant l'arrivée de l'hiver.

Il avait planifié chaque détail avec soin : les solides poutres en bois, les grandes fenêtres face aux montagnes, un porche qui entourait toute la cabane pour qu'ils puissent s'asseoir dehors le soir et regarder le coucher du soleil.

Il s'était assuré qu'il y ait une cheminée en pierre pour la chaleur et un petit carré de jardin devant où Scarlett pourrait planter des fleurs ou des herbes si elle le souhaitait. Ce serait leur havre de paix.

— Je veux lui faire la surprise, avait dit Ethan à Marcel, sa voix calme mais résolue. Je ne vais rien lui dire jusqu'à ce que ce soit terminé. Je souhaite qu'elle le voie et comprenne que c'est l'endroit où nous allons recommencer. Ensemble.

Marcel hocha la tête, comprenant sans mots. Il tapa

sur l'épaule d'Ethan, une rare démonstration d'affection entre les deux hommes qui avaient traversé tant d'épreuves ensemble.

— Tu as fait du chemin, mon vieux, dit Marcel, son ton sincère. Vous deux, d'ailleurs.

Ethan sourit à nouveau, plus doucement cette fois. Il pensa à Scarlett, à la façon dont son rire rendait le poids dans sa poitrine plus léger, à la façon dont elle souriait plus souvent maintenant, sa peur commençant à s'estomper. Elle lui avait confié sa vie, et maintenant il voulait lui donner quelque chose en retour.

— Je lui dois bien ça, murmura Ethan. Peut-être même plus.

Ils chargèrent les dernières fournitures dans le camion, prêts à redescendre la montagne. Ethan jeta un dernier regard sur le terrain, imaginant ce qu'il deviendrait.

Bientôt, les murs entourant la nouvelle cabane seraient terminés, et avec eux, un nouveau chapitre de leur vie. Un chapitre où ils ne regarderaient plus constamment par-dessus leur épaule, où les fantômes du passé ne pourraient plus les suivre.

Tandis que Marcel montait sur le siège du conducteur, Ethan s'attarda un moment de plus. Il ferma les yeux et laissa l'air de la montagne remplir ses poumons, sa fraîcheur dissipant la brume de tout ce qui avait précédé.

Demain, il emmènerait Scarlett à la nouvelle cabane. Il lui dirait que c'était leur avenir, pas seulement le sien. Ils laisseraient derrière eux l'ancien monde, celui rempli de violence et de peur. Et ensemble, ils construiraient quelque chose de nouveau, quelque chose de pur, dans l'étreinte silencieuse des montagnes.

Et cette fois, il s'assurerait que cela dure.

Le lendemain même, Ethan guida Scarlett à travers le seuil, leurs doigts entrelacés comme s'ils étaient des pièces d'un puzzle s'emboîtant parfaitement.

Ils s'arrêtèrent sur le porche en bois usé, le monde autour d'eux s'étendant vaste et sauvage. L'air vif de la montagne emplit leurs poumons, une bouffée purificatrice qui semblait balayer les vestiges de leurs tourments passés.

— On dirait la liberté, n'est-ce pas ? dit Ethan d'une voix douce, presque révérencieuse face à l'immensité de la nature.

— Plus que ça, répondit Scarlett, son regard balayant l'horizon où le soleil matinal répandait des teintes dorées sur le paysage accidenté. On dirait qu'on fait partie de quelque chose d'infini.

Leurs regards se croisèrent, et un sourire entendu tira les coins des lèvres d'Ethan. — Nous sommes infinis, murmura-t-il. L'intensité de son regard était comme l'attraction de la gravité, l'attirant toujours vers lui. Il serra doucement sa main, une promesse silencieuse flottant entre eux.

— Infinis, hein ? le taquina Scarlett, se penchant vers lui avec un coup d'épaule joueur. Il y avait une légèreté dans son ton, mais le frémissement dans sa poitrine racontait une histoire d'émotions plus profondes éveillées par sa proximité.

— Infinis. Son affirmation fut ponctuée par un regard brûlant qui lui envoya un frisson le long de la colonne vertébrale. Tout comme ce que je ressens pour toi.

— Beau parleur, rit-elle en levant les yeux au ciel, mais incapable de masquer la rougeur qui montait à ses joues.

— Je ne fais que dire la vérité, répliqua-t-il avec un demi-sourire, son pouce traçant des cercles sur le dos de sa main.

Le rire de Scarlett s'estompa en un soupir satisfait alors qu'elle se laissait attirer plus près de lui, son corps cherchant instinctivement la chaleur du sien. — Je n'aurais jamais cru que la rédemption serait si belle, avoua-t-elle.

— La rédemption est dans l'œil de celui qui regarde, dit Ethan, relevant son menton pour croiser son regard. Et je la vois chaque fois que je te regarde.

Il y eut un moment de silence électrique alors que leurs yeux se verrouillaient, chacun perdu dans les profondeurs de l'autre. C'était un regard qui en disait long, exprimant des années de désir, de douleur, et enfin, la paix qu'ils avaient trouvée dans les bras l'un de l'autre.

— Devrions-nous explorer notre sanctuaire ? suggéra Scarlett, sa voix un murmure qui semblait trop fort dans la sérénité tranquille du matin.

— Montre le chemin, ma fière reine des montagnes, répondit Ethan avec un clin d'œil, relâchant sa main seulement pour enrouler un bras autour de sa taille.

Ils descendirent du porche, leurs corps proches, se

déplaçant avec une aisance qui venait d'une nuit passée enlacés l'un contre l'autre.

Pendant qu'ils marchaient, la grandeur de la montagne leur rappelait leur amour durable et les promesses qu'ils s'étaient faites.

Le sourire s'attardait sur ses lèvres car c'était un beau souvenir.

CHAPITRE-18

La lumière dorée du matin se déversait sur la table de la cuisine, baignant d'une lueur chaude les visages d'Ethan et Scarlett assis l'un en face de l'autre. Le parfum de pin frais provenant de la forêt environnante imprégnait l'air, se mêlant à l'arôme riche du café noir dans leurs tasses. C'était un nouveau jour dans leur nouveau départ.

Ethan se pencha en arrière sur sa chaise, les muscles de ses bras se contractant subtilement sous le tissu de sa chemise tandis qu'il réfléchissait à leur avenir, un avenir radicalement différent de la vie qu'il avait connue. — Plus besoin de regarder par-dessus nos épaules, Scarlett. Les montagnes d'Arelis sont notre toile vierge.

Scarlett, ses cheveux roux encadrant son visage comme une auréole de feu, rencontra son regard avec une intensité qui correspondait à la détermination dans sa voix. — Je veux oublier les cauchemars, Ethan. Ici, c'est juste nous... et les montagnes, dit-elle en faisant un geste vers la fenêtre où les pics majestueux montaient la garde.

— Nous et les montagnes, répéta-t-il, un sourire se dessinant sur ses lèvres. Ses yeux sombres, habituellement si remplis d'ombres, reflétaient maintenant le même espoir qui brillait dans les siens.

Avec un hochement de tête décisif, il tendit la main à travers la table, ses doigts rugueux effleurant la main douce de Scarlett. — Faisons de cet endroit le nôtre, en commençant par le sanctuaire de notre chambre.

Ses yeux pétillèrent à son contact, et elle ne put s'empêcher de le taquiner, l'air entre eux crépitant de promesses tacites. — Tu prévois de passer beaucoup de temps dans la chambre, n'est-ce pas ?

— Où d'autre ? La voix d'Ethan baissa d'une octave, les coins de sa bouche se relevant en un sourire entendu. — Mais d'abord, nous construisons notre forteresse de solitude, où chaque coin murmure nos noms.

Scarlett se leva, tirant Ethan sur ses pieds, leurs corps à quelques centimètres l'un de l'autre. Elle pencha la tête en arrière pour rencontrer son regard, un sourire malicieux s'étalant sur ses lèvres. — Montre-moi le chemin, homme des montagnes. J'ai hâte que tu me montres ton plan pour notre... espace intime.

— Les plans peuvent changer, murmura-t-il, son souffle effleurant sa peau, lui envoyant un frisson le long de la colonne vertébrale. Surtout quand ils sont inspirés par la bonne muse.

Sur ces mots, Ethan la souleva dans ses bras, son rire résonnant dans la cabane alors qu'ils se dirigeaient vers la chambre. Impatient de commencer à travailler sur la toile vierge, il dit avec un rire grivois. Leurs vies étaient remplies d'amour, de paix et de la force tranquille qu'ils trouvaient dans l'étreinte l'un de l'autre.

La chambre était une pièce en attente de leur touche, et alors qu'Ethan transportait la première des boîtes, ses biceps se contractant sous l'effort, Scarlett ne put résister à une pique taquine. — Attention maintenant, ne montre pas toute ta force d'un coup. Nous avons toute une vie à construire ici.

— Je n'oserais pas, répondit-il avec un sourire, déposant la boîte avec un bruit sourd. D'ailleurs, je dois garder quelques surprises dans ma manche pour toi.

Scarlett rit, ses yeux pétillant de lumière alors qu'elle hissait une boîte étiquetée « Souvenirs » sur la commode. Elle enleva le ruban adhésif et en sortit une photo encadrée, un instantané d'eux au pied d'une montagne imposante, échevelés et radieux.

— Tu te souviens de ça ? demanda-t-elle, tenant le cadre vers lui. Ses yeux verts étaient des puits de nostalgie.

Le regard d'Ethan s'adoucit alors qu'il le prenait. — Comment pourrais-je oublier ? C'était le jour où nous avons promis de relever tous les défis ensemble. Sa voix portait le poids de ce vœu solennel, même si un sourire tirait ses lèvres.

— Il semble que nous nous en sortions plutôt bien sur ce front, plaisanta Scarlett, lui faisant un clin d'œil en plongeant la main dans une autre boîte pour en sortir une pile de pulls pliés.

— Seulement parce que je t'ai à mes côtés. Les yeux d'Ethan s'attardèrent sur elle, le coin de sa bouche se soulevant dans une expression qui mêlait admiration et désir.

— La flatterie te mènera loin, le taquina Scarlett, son rire emplissant la pièce tandis qu'elle secouait un pull et le déposait dans le tiroir.

— Bon à savoir, murmura-t-il en se rapprochant. Il tendit la main, écartant une mèche rebelle de son visage, ses doigts effleurant sa joue. L'air entre eux crépitait, chargé de la promesse de secrets partagés et de mots non dits.

— Attends, j'ai quelque chose pour toi, dit brusquement Ethan, se dirigeant vers sa propre boîte marquée « À garder précieusement ». Il fouilla un moment avant d'en sortir une petite boîte en velours.

Le souffle de Scarlett se coupa lorsqu'il l'ouvrit pour révéler une paire de boucles d'oreilles délicates, chacune représentant un minuscule pic de montagne en argent. — Ethan...

— C'est un rappel, commença-t-il, sa voix basse et sincère, de chaque montagne que nous avons gravie, au sens propre comme au figuré. Et de la force que nous nous donnons l'un à l'autre.

Les larmes montèrent aux yeux de Scarlett alors qu'elle contemplait le cadeau, puis l'homme devant elle, cette âme énigmatique qui était devenue son ancre dans un monde qui avait autrefois menacé de l'engloutir. — Elles sont magnifiques, murmura-t-elle, la voix chargée d'émotion.

— Rien comparé à toi, dit-il simplement, prenant les boucles d'oreilles et les attachant délicatement à ses lobes. Le contact de ses doigts contre sa peau lui envoya des frissons le long de la colonne vertébrale, témoignage de la connexion électrique qu'ils partageaient.

Alors qu'elle se tournait pour lui faire face, les boucles d'oreilles scintillant doucement, il prit son visage entre ses mains, ses pouces caressant ses joues. Ils se tenaient là, au milieu des cartons à moitié déballés et des chapitres non écrits de leurs vies, liés par un amour aussi inébranlable que les montagnes elles-mêmes.

Elle laissa échapper un petit rire et dit : — Tu sais qu'elles ressemblent à des seins, n'est-ce pas ?

— Oui, elles me rappelaient tes magnifiques sommets montagneux. Je sais qu'ils n'ont pas cette forme par ici, dit-il en prenant ses seins dans ses mains.

— Laisse-moi te montrer la chambre, murmura-t-il, sa voix chargée d'une invitation qui fit battre son cœur plus vite. L'air de la montagne était devenu plus frais, mais à l'intérieur de la cabane, la chaleur irradiait d'autre chose que du feu de cheminée crépitant.

— Montre-moi le chemin, répondit Scarlett, ses lèvres s'incurvant en un sourire coquin, faisant écho au défi ludique qu'il aimait tant.

Le plancher en bois grinçait sous leurs pas synchronisés, chacun les rapprochant du seuil d'intimité qu'ils s'apprêtaient à franchir. Ethan poussa la porte de la chambre, son regard ne quittant jamais celui de Scarlett, comme si elle était la gravité qui le maintenait ancré à ce monde.

À l'intérieur, le clair de lune se déversait sur le couvre-lit matelassé, baignant d'une lueur éthérée la pièce qu'ils allaient bientôt revendiquer comme leur sanctuaire. Il l'attira dans ses bras, et leurs bouches se rencontrèrent dans un baiser qui exprimait le désir ardent, les nuits passées à rêver de ce moment précis.

— Mon Dieu, j'ai pensé à ça depuis le début, confessa-t-il entre deux baisers, ses mains parcourant ses courbes comme s'il mémorisait chaque centimètre de son corps. À toi, ici avec moi.

— Depuis la première fois que je t'ai rencontré, j'ai voulu être avec toi, souffla Scarlett, ses doigts s'entremêlant dans ses cheveux, le rapprochant encore plus. Seulement toi, Ethan.

Leurs vêtements tombèrent comme des boucliers abandonnés, révélant la vérité crue de leur désir. Il n'y avait plus moyen de se cacher de l'intensité de leur besoin, aucun secret dans la façon dont leurs corps réagissaient l'un à l'autre. Ses mains vénéraient la forme qu'il avait appris à si bien connaître, tandis que son toucher allumait un feu qui menaçait de le consumer tout entier.

— Dis-moi que tu es à moi, gronda doucement Ethan, ses yeux des puits sombres de passion.

— Pour toujours, l'assura Scarlett, sa voix une promesse sensuelle enveloppée de vulnérabilité.

Alors qu'ils s'unissaient, le monde extérieur s'estompait dans l'insignifiance. Ils bougeaient dans un rythme aussi ancien que le temps, une danse de deux âmes entrelacées. La sueur se mêlait aux murmures, et le son de leur union remplissait la pièce, témoignage de la vie qu'ils forgeaient ensemble.

Plus tard, blottis dans le lit après un autre coït glorieux, ils restèrent enlacés, leurs souffles ralentissant pour s'accorder à la nuit paisible au-dehors. Ethan attira Scarlett contre sa poitrine, et ensemble, ils sortirent sur le porche, où les montagnes se dressaient en sentinelles au loin.

— Regarde cette vue, dit doucement Scarlett, sa main trouvant la sienne tandis qu'ils contemplaient les pics escarpés baignés de lumière argentée.

— Ce n'est rien comparé à l'avenir que je vois avec toi, répondit Ethan, sa voix chargée d'émotion. Ici, avec ces montagnes pour témoins, nous recommençons à zéro.

Scarlett posa sa tête sur son épaule, le cœur plein. — L'amour, la rédemption, un nouveau départ... c'est plus que je n'ai jamais osé espérer.

— Et pourtant nous y sommes, murmura-t-il en embrassant le sommet de sa tête. Ensemble.

ÉPILOGUE

QUATRE ANS PLUS TARD

Ethan, debout sur le porche, sourit avec mélancolie en se remémorant sa renaissance. Les flammes léchaient le ciel, féroces et affamées, tandis qu'Ethan et Marcel se tenaient côte à côte, regardant la cabane qui avait autrefois été le sanctuaire d'Ethan se réduire en cendres.

La chaleur du feu pressait contre leur peau, l'odeur du bois brûlé épaisse dans l'air frais de la montagne.

C'était un foyer, un endroit où Ethan s'était caché du monde, mais c'était aussi une prison de souvenirs, de violence, de peur, et de tout ce qu'il voulait laisser derrière lui.

Maintenant, alors que la structure s'effondrait sur elle-même, le craquement des poutres qui se brisaient résonnait dans la vallée, et Ethan ressentit une légèreté inattendue s'épanouir dans sa poitrine.

Son passé était consumé par le brasier, réduit à rien d'autre que de la fumée et des cendres tourbillonnant dans la nuit. C'était une fin appropriée.

Alors que le feu s'éteignait, Ethan jeta un coup d'œil à Marcel, son plus vieil ami, qui s'était battu à ses côtés à travers tout le chaos.

Marcel était toujours dans le jeu, toujours ancré dans la vie dont Ethan s'était finalement échappé, mais quelque chose dans ses yeux avait changé.

Son cœur n'y était plus, pas comme avant. Il y avait maintenant une lassitude chez Marcel, un poids qu'Ethan ne reconnaissait que trop bien.

Il pouvait voir l'attraction, le désir de quelque chose de différent, quelque chose de plus que le monde violent dans lequel ils avaient vécu trop longtemps.

Ethan espérait que son ami trouverait un jour sa voie, tout comme lui. Peut-être que Marcel, lui aussi, renaîtrait des cendres de son ancienne vie.

Plus d'une fois, Ethan avait remarqué une étincelle entre Marcel et Mara, l'une des membres les plus fiables de l'équipe de Scarlett. Il y avait une connexion tacite, subtile mais indéniable.

Chaque fois que Marcel était près d'elle, sa garde semblait baisser un peu, et Ethan ne pouvait s'empêcher de penser que Mara pourrait être la clé pour éloigner Marcel de la vie qui l'avait défini depuis si longtemps.

Scarlett l'avait remarqué aussi, son sourire s'adoucissant chaque fois qu'elle apercevait les deux ensemble. Elle avait dit à Ethan plus d'une fois qu'elle espérait que quelque chose de beau grandirait entre eux, tout comme cela s'était produit entre elle et Ethan.

Ethan avait trouvé sa vocation en tant que détective privé, se spécialisant dans les affaires non résolues et le genre d'enquêtes difficiles que d'autres avaient abandonnées comme insolubles.

Ce n'était pas un travail glamour, et cela ne le rendait certainement pas riche, mais c'était satisfaisant d'une manière que l'argent ne pouvait pas égaler. Il passait ses journées à suivre des pistes, à rassembler des preuves qui avaient été ignorées ou négligées pendant des années.

Parfois, quand la piste se refroidissait, il s'appuyait sur Marcel, son vieil ami, qui avait encore des connexions dans les coins les plus sombres du monde.

Marcel savait comment obtenir des informations que la plupart des gens préféraient garder enterrées. Des secrets murmurés dans les arrière-salles, des détails cachés derrière des pots-de-vin et des menaces.

Ensemble, ils opéraient dans une zone grise entre le légal et l'illicite, utilisant leur passé pour déterrer les vérités que personne d'autre ne pouvait trouver.

Ethan avait commencé à se faire un nom dans le monde des affaires oubliées. Le mot se répandait, lentement mais sûrement, que s'il n'y avait nulle part où se tourner, si une affaire était au point mort ou si personne ne voulait y toucher, il était celui qu'il fallait appeler.

Il avait déjà apporté la paix à des familles qui avaient perdu tout espoir, démêlant des mystères qui les avaient hantées pendant des années. Chaque affaire résolue était comme un pas vers la rédemption, une façon d'équilibrer la balance des choses qu'il avait faites.

Ce n'était pas un travail paisible, et les ombres de son passé planaient toujours, mais pour la première fois depuis longtemps, Ethan sentait qu'il faisait une réelle différence.

Scarlett avait subi sa propre transformation. Elle avait quitté son emploi de parajuriste, coupant les liens avec la vie qui avait failli la détruire. Au lieu de retourner dans les tranchées du tribunal, elle avait construit quelque chose de nouveau, quelque chose d'entièrement à elle.

Maintenant, depuis le confort de leur maison de montagne, elle dirigeait une petite mais grandissante entreprise en ligne de transcription de documents judiciaires.

Elle avait construit une équipe, principalement composée de femmes comme Meghan, une de ses anciennes amies du cabinet d'avocats, et Mara la journaliste, qui travaillait à temps partiel, toutes compétentes et travailleuses. L'entreprise de Scarlett prospérait, et avec elle, Scarlett s'épanouissait aussi.

Il y avait maintenant une lueur en elle, un calme qu'Ethan n'avait pas vu lorsqu'ils s'étaient rencontrés pour la première fois, quand la peur et l'incertitude obscurcissaient chacun de ses mouvements.

Chaque matin, alors que le soleil se levait sur les montagnes, elle s'asseyait sur le porche de leur splendide cabane, une tasse de café dans les mains, les yeux errant sur le paysage.

Elle aimait les montagnes, la façon dont les sommets se dressaient forts et immuables, comment le vent murmurait à travers les arbres, emplissant l'air de paix.

Elle se sentait en sécurité ici, protégée à la fois par le

paysage imposant et la présence tranquille d'Ethan à ses côtés.

Il n'y avait plus de peur que le passé ne s'insinue, plus d'ombres sombres qui attendaient dans les recoins de son esprit. À la place, il y avait un profond sentiment d'appartenance, d'avoir enfin trouvé une place dans le monde où elle pouvait respirer librement.

La cabane qu'Ethan avait construite pour eux, nichée au cœur de la forêt, était leur sanctuaire.

Une promesse de nouveaux départs, de guérison, d'une vie vécue selon leurs propres termes. Les murs, faits de bois solide, étaient devenus le décor de leur avenir ensemble.

Chaque détail avait été pensé avec soin : les grandes fenêtres qui laissaient entrer la lumière du matin, la véranda qui faisait le tour de la maison où ils pouvaient s'asseoir ensemble le soir, la cheminée en pierre qui les gardait au chaud durant les nuits les plus froides.

C'était tout ce que Scarlett aurait pu rêver, et même plus, et elle en était reconnaissante.

Ici, elle se sentait complète. La paix des montagnes s'infiltrait dans ses os, et chaque jour, elle souriait davantage, riait librement, se sentant plus légère qu'elle ne l'avait été depuis des années. Le poids du passé s'était envolé, emporté avec la fumée de l'ancienne cabane.

Maintenant, elle construisait quelque chose de nouveau avec Ethan, une vie qui semblait juste, qui semblait réelle. Elle avait Ethan, l'amour de sa vie, à ses côtés, et ensemble, ils avaient créé leur propre monde, loin de la violence et du danger qui avaient autrefois menacé de les consumer.

Chaque soir, Scarlett se tenait debout et observait le soleil qui descendait gracieusement derrière les majestueuses montagnes, projetant de longues ombres à travers la pittoresque vallée, et dans ces moments-là, un sentiment de gratitude écrasant l'envahissait, appréciant la belle vie qu'ils avaient construite ensemble. Rien n'était jamais pris pour acquis.

Il y avait un sentiment de permanence ici, un enracinement qui venait du fait de savoir qu'ils avaient survécu au pire et en étaient sortis plus forts, ensemble.

Chaque fois qu'elle pensait à Marcel et Mara, elle ne pouvait s'empêcher de sourire. Elle avait le sentiment que tous les deux étaient sur le point de vivre quelque chose de spécial, tout comme elle et Ethan l'avaient été autrefois.

Les montagnes avaient le don de révéler ce qui comptait vraiment, et pour Scarlett, ce qui comptait, c'était l'amour, la paix et la joie tranquille d'une vie bien vécue.

L'ancienne vie, la peur, le chaos. Tout cela était derrière elle maintenant. Brûlé avec la cabane qui avait autrefois été la prison d'Ethan. Maintenant, leur avenir était grand ouvert, aussi illimité que les montagnes qui les entouraient.

Scarlett savait, au plus profond d'elle-même, que c'était là qu'elle devait être.

En sécurité. Aimée. Chez elle.

MERCI

Merci beaucoup pour votre achat. Je l'apprécie énormément.

FAITES-MOI PLAISIR
Si vous avez apprécié le livre, vous pouvez laisser un commentaire sur la plateforme où vous l'avez acheté, et surtout sur mon site web.

DU MÊME AUTEUR

Découvrez l'Amour et la Guérison au Cœur des Montagnes. Un loup solitaire s'embarque dans une aventure romantique.

Plongez dans le récit captivant d'Alder, un séduisant solitaire ayant établi son havre de paix parmi les sommets majestueux d'Arelis Springs, consacrant son âme à la création de romans envoûtants. Son attachement pour les montagnes trouve ses racines dans une rencontre avec la mort dans son enfance, cherchant réconfort dans leur beauté sauvage et leur étreinte bienfaisante.

Lors du mariage de son meilleur ami, le monde d'Alder est bouleversé à jamais lorsqu'il croise la route de la vive et captivante Bethany. Sans le savoir, leur rencontre fortuite ébranlera la solitude qu'il chérit tant.

Lorsque Bethany se retrouve coincée dans un chalet de montagne après un pari qui a mal tourné, Alder est confronté à un défi inattendu : partager son refuge sacré avec cette citadine dont la résilience égale son charme captivant.

Au fil de paysages à couper le souffle, leur lien se renforce à chaque instant. Des éclats de rire inattendus aux passions partagées, leur connexion s'enflamme au sein de la splendeur de la nature. Mais alors que Bethany lutte pour respecter les termes de son pari, elle doit affronter une décision qui pourrait bouleverser leur destin à jamais.

Idéal pour les amateurs de héros intrépides, d'héroïnes pleines de vie et d'amours inattendues, lancez-vous dans un voyage inoubliable avec "L'Âme Sœur du Montagnard" – votre prochaine lecture incontournable.

Faites vôtre cette aventure irrésistible dès aujourd'hui !

Une romance satisfaisante et condensée qui se déroule au cœur de la beauté imprévisible du refuge montagnard de Gable.

Amelia, une pilote forcée par une tempête, se retrouve dans l'isolement sauvage qui devient le décor d'une histoire d'amour inoubliable.

Dans ce conte sexy, le parcours d'Amelia et Gable commence avec des étincelles, où la bonne humeur rencontre la bougonnerie et où les rires résonnent à travers leurs moments intimes. Tandis qu'ils naviguent à travers des émotions tumultueuses, des regards partagés et la chaleur d'une cheminée crépitante, leur histoire d'amour éclot contre toute attente.

La femme voluptueuse et passionnée perce les défenses du montagnard, révélant que les mélodies les plus envoûtantes se découvrent dans les endroits les plus inattendus.

Prêt pour une lecture pleine de désir qui se dévoile quand on s'y attend le moins? La Mélodie du Montagnard est votre billet pour une saga amoureuse remplie de passion et de chaleur qui vous tiendra en haleine du début à la fin.

https://vestaromero.com/product/la-melodie-du-montagnard-ebook/

À PROPOS DE L'AUTEUR

Vesta Romero écrit des histoires d'amour mettant en scène des femmes aux courbes généreuses et les hommes qui les aiment.

Elle vit en Espagne avec son mari et un chien né au Texas. Lorsqu'elle n'écrit pas de livres érotiques, elle aime déguster des margaritas et regarder des films d'action.

Elle serait ravie d'entendre ses lecteurs ; vous pouvez la contacter sur TikTok, Twitter ou Instagram.

https://vestaromero.com

Tous mes livres sont disponibles sur mon site web, mais si vous préférez, vous pouvez également les trouver sur votre plateforme en ligne préférée.

Milton Keynes UK
Ingram Content Group UK Ltd.
UKHW021834231124
451423UK00001B/34